アラビアンナイトの誘惑

アニー・ウエスト 作

槙 由子 訳

ハーレクイン・ロマンス

東京・ロンドン・トロント・パリ・ニューヨーク・アムステルダム
ハンブルク・ストックホルム・ミラノ・シドニー・マドリッド・ワルシャワ
ブダペスト・リオデジャネイロ・ルクセンブルク・フリブール・ムンバイ

THE DESERT KING'S PREGNANT BRIDE

by Annie West

Published by Harlequin Japan, a Division of K.K. HarperCollins Japan, 2024

アニー・ウエスト

　家族全員が本好きの家庭に生まれ育つ。家族はまた、彼女に旅の楽しさも教えてくれたが、旅行のときも本を忘れずに持参する少女だった。現在は彼女自身のヒーローである夫と２人の子とともにオーストラリア東部、シドニーの北に広がる景勝地、マッコーリー湖畔でユーカリの木に囲まれて暮らす。

主要登場人物

マギー・ルイス……厩務員。
マーカス……マギーの元恋人。
カリード・ビン・シャリーフ……シャジェハール国の国王。
シャヒーナ……カリードの妻。故人。
フセイン……カリードの伯父。
ゼイナブ……フセインの妻。
アジズ……医師。

1

降りしきる冷たい雨の中、マギーは顔を伏せ、ぬかるんだ道をとぼとぼと歩きつづけた。

レインコートのボタンをかけ忘れた部分から雨が入り、服が体にぴったりと張りついている。脚をつたって、水が長靴の中まで流れてきた。念入りに洗って乾かした髪も、いまは濡《ぬ》れねずみのしっぽと化している。マギーはぼんやりと、体が凍えて感覚が麻痺《まひ》してきたことに気づいた。雨の夜道を走って、転んで、ここまで歩いてきたが、すでに歩みはのろく、足取りもおぼつかない。

自分のジープに乗ることすら、思いつかなかった。ぞんざいに閉められたカーテンのすき間から、恋人マーカスの居間をちらりとのぞいた瞬間、頭の中からすべての思考力が吹き飛んでしまったのだ。

土砂降りの雨に打たれ、マギーは足に根が生えたように、じっと立っていた。そして、眼前の光景の意味するところを理解するや、一目散に駆け出した。そのままジープのそばを走り過ぎて、闇《やみ》の中に逃げこんだのだろう。

けれど目にした光景は、執拗《しつよう》にマギーを追ってきた。一糸まとわぬ姿で女性と抱き合っていたマーカス。

それであんなに態度がころころ変わったのだ。いまならわかる。忙しくて会う暇もないかと思えば、急に熱心に言い寄ってきたり。彼の愛は、単なる見せかけ。牧場主の妻との情事を隠すために、私を利用しただけだったのだ。

マギーは吐き気をおぼえた。なんてあっさりだまされてしまったの。

君のことを大事にしたい、お父さんを亡くしたばかりの君を急《せ》かすようなまねはしたくない、というマーカスの言葉を信じたのに。深くつき合うのは、君がもっと自分の気持ちに確信を持ってからにしたい、と言われて……。

そして私は無邪気にも、確信していた。私はもう大人で、マーカスと深い関係になっても大丈夫だ、と証明するつもりだった。彼好みの女性に変身しようと雑誌を読みあさり、はるばる町へ出かけて、ドレスまで買って！

マギーの苦い笑い声は、吹きつける風にかき消された。

私のことなど、マーカスは最初から欲しくもなんともなかったんだわ。世間知らずもいいところ。愛情に飢えるあまり、利用されていることにも気づかなかったなんて。喉元に吐き気がこみあげ、マギーは吐いてしまおうと身をかがめた。

不思議なことに、さっきは見えなかった自分の泥だらけの脚と長靴が目に入った。マギーは顔をしかめ、意識を集中させた。

どこから明かりが？

「大丈夫か？」風雨のうなる闇の中から、深みのある低い声がした。

とっさに顔を上げると、大きな四輪駆動車のヘッドライトがこちらを照らしていた。マギーは目をしばたたいた。ライトの前に男性が立ち、シルエットとなって浮かび上がっている。長身で引き締まった体。広い肩と、足を大きく開いた立ち姿。この人なら、きっとどんな問題でも解決してくれる。なんとなく、そんな気がした。

この人に寄りかかり、広い肩に頭をあずけて、すべてを忘れてしまえるなら……。

マギーははっと我に返った。どこの誰とも知れない相手なのに。自分には男性を見る目がないと、身をもって学んだばかりなのに。

男性の影が近づく。間近で見ると、マギーよりずいぶん背が高く、力もありそうだ。

「僕にできることがあれば」

その言葉には、かすかな訛《なまり》が感じられる。

「あなたは誰なの？」弱々しいささやきは、とても自分の声とは思えない。

一瞬、風が吹いて雨が真横からたたきつけ、会話がとぎれた。

「タラワンタ厩舎《きゅうしゃ》の客だ。屋敷に滞在している」

言われてみれば、車は最新型の高級車だ。オーストラリアにあるここタラワンタ厩舎では今週特別な訪問客を迎えている。広大な厩舎のオーナーであるシャジェハール国王が、視察のために使者を送ってきたのだ。

それで訛があるのね。マギーは納得した。イギリスのパブリックスクール出身者を思わせる、一語一語正確な、母音の短い英語。けれどそこにかぶさる子音はかすかにやわらかく、とてもエキゾティックな感じがする。

「このままずっと、二人で濡れて立っているつもりかい？」

マギーははっとした。そういえば彼はレインコートも着ていない。

「ごめんなさい。気がつかなくて……」

「事故にでも遭ったのか？」

「いいえ。そうじゃないわ。その……乗せてもらえないかしら」大丈夫。彼はきっと例の訪問客よ。ここはタラワンタの私道なのだし、内部の人間でなければ、この雨の中を出歩くはずはないもの。

「もちろんだ」

彼はうなずき、車に戻りはじめた。長い脚でさっそうと歩く姿は、ぬかるんだ道ではなく、絨毯《じゅうたん》敷きの廊下を歩いているかのようだ。マギーはふらつく足で、懸命に彼のあとを追った。手足がまったく言うことを聞かない。

　彼は助手席側のドアを開け、後ろに下がった。

「ありがとう」高い座席に上る際に肘を支えられるのを感じ、マギーはささやくように礼を述べた。

　クッションのきいたシートに深く身を沈め、マギーは握りしめた指をゆっくり開いた。一方の手からヒールの高いサンダルが、もう一方の手からは、買ったばかりのセカンドバッグが転げ落ちた。

　助手席のドアが閉まる。吹きすさぶ風と土砂降りの雨の中を歩きつづけたあとで、車の中は驚くほど暖かく快適だ。

　なんて……贅沢《ぜいたく》な感じ。まさに天国だわ。

　平和な気分にのみこまれ、マギーは目を閉じた。

「ほら」

　深みのある低い声が、マギーの意識に入りこんできた。

「これを」

　疲労感と闘いつつ、マギーはゆっくりと、やわらかな声のする方を振り返った。目を開けると、男性が運転席に座り、見たこともないほど真っ黒な瞳で、こちらをじっと見ている。

　薄暗い車内灯の下で、マギーは救い主の姿に目を見開いた。

　なめらかな漆黒の髪。ブロンズ色に焼けた顔。その力強く禁欲的な美しさに、マギーは息をのんだ。古い書物を開いたら、本の中から『アラビアンナイト』の王子さまが飛び出してきた……そんな錯覚にとらわれた。

　こんな人が実在するなんて。

「ほら」男性はもう一度繰り返し、やわらかなウールの毛布をマギーに手渡した。「本当にけがはないのか？」

　マギーはうなずき、やわらかな毛布に顔をうずめた。ばつの悪さがこみあげる。見とれていたのを、知られてしまった。しかも、あんな奇妙な考えが思い浮かぶとは。

きっと、ショックのせいだ。あと先を考えずにマーカスのところから逃げ出したのも、頭がぼうっとして何もかも非現実的な遠い出来事のように感じられるのも。そう、ショックのせい。

あんな場面を目にすれば、誰だってショックを受けるに決まっている。いまの私の格好も、そうとう奇異に見えるに違いない。ビーズのついたドレスの上に、普段用のレインコートなんて。

「やめないか」

たくましい手がのびてマギーの顎を包み、彼の方に向けた。感覚の鈍った肌に、生身の感触とぬくもりが心地よい。

マギーは目をしばたたいた。そして、まつげに当たるのが雨ではなく涙だとわかり、愕然《がくぜん》とした。

「やめるって、何を？」マギーは驚いて息をのみ、彼女を見つめる黒い瞳をのぞきこんだ。

胸の動悸《どうき》がしだいにおさまり、締めつけられた肺から息がもれた。

「君は興奮状態に陥りかけていた」

彼はさらにじっくり観察するかのように、マギーの顔を上に向けた。

「ご、ごめんなさい」マギーは顔をしかめた。どもるなんて、生まれて初めてだわ。舌と唇が思いどおりに動かない。「ちょっと、その、ショックなことがあって」

「こんな嵐《あらし》の中を歩いているからだ」

彼はマギーの手から毛布を取り上げ、肩にかけて両端を合わせた。快いぬくもりに包まれ、彼女は陶然として彼に身をすり寄せた。かすかな男性の香りが鼻をくすぐる。ぬくもりと、白檀《びゃくだん》と、スパイスと、湿った男性の肌の香り。

大きな手が彼女の肩をつかみ、体を起こした。

「どこから歩いてきた？」

マギーの口元に夢見心地な笑みが浮かび、まぶたが下がりかけた。本当にすてきな話し方。やわらかな子音と歯切れのよいアクセントの紡ぎ出すリズムが、なぜかとても誘惑的だ。彼が話すのを聞いているだけで、うっとりと眠くなってくる。

肩を持つ手に力がこもり、マギーははっと目を開いた。

「誰かに乱暴されたのか？」

男性の声の調子が変わった。かすかな怒りの響きが感じられる。マギーの体をさざなみが駆け抜けた。

「違うわ！　大丈夫よ。私はただ……」マギーはとまどい、目をしばたたいた。私ったら本当にどうかしている。「家に帰らなくちゃ」

男性はうなずいて、マギーをそっとシートの背に押し戻し、シートベルトに手をのばした。間近に迫った彼の体から伝わる熱は、どんな毛布よりも温かい。

「家はどこだい？」

エンジンがかかり、計器の明かりだけを残して、車内は闇に包まれた。男性の横顔がシルエットとなって浮かび上がった。男性らしいタフな横顔。それでいて、洗練が感じられる。

彼は信用できる。マギーは本能的に察した。

「あと六キロほど先よ。それから、右」

男性は車を発進させた。雨が屋根をたたきつけ、泥につかったタイヤがすべった。

泥……そうだわ、長靴！　マギーは車の贅沢な内装に目をやった。

「ごめんなさい。長靴が泥だらけで」

「牧場の車だ。泥くらいなんでもない」

彼は生まれてから一度も車の掃除などしたことがないんだわ、とマギーは思った。牧場の車とはいっても、これは作業車ではない。特別な客のために用意された、特別な車だ。

「あなたは誰なの？」

すぐに答えが返らなかったので、マギーは一瞬、雨音のせいで質問が聞こえなかったのかと思った。

「僕はカリード。君は？」

「マギー」彼女は答え、毛布を抱き寄せた。「マギー・ルイスよ」

「はじめまして、マギー」

堅苦しいほど改まった口調だった。この人はいったい、普段はどんな生活を送っているのかしら。マギーはいぶかった。


カリードは運転に意識を集中させた。早く彼女を暖かいところへ連れていかなければ。このままでは体が冷えきってしまう。

ここから六キロ走って、それから、どこまで行くんだ？　そんな危険を冒すよりは、タラワンタへ連れ帰り、回復を待ったほうがいい。

彼女はまったくもって謎《なぞ》だ。近くには乗り捨てられた車もなかったし、彼女がレインコートの下に着ているのは作業服ではない。カリードはコートからのぞいているほっそりとした脚をちらりと見た。彼女が手にぶら下げていたヒールの高いサンダルは、女性が夜を踊り明かすときにはくたぐいのものだ。あるいは、男を誘惑するときに。

そうなのだろうか。そのせいで、何か痛い目に遭ったのだろうか。

女性のわりには長身で、彼の肩より高いくらいだが、この女性にはなんとなく傷つきやすさが感じられる。

今夜のディナーのときには見かけなかった。シャジェハール国の次期国王である彼の顔を見ようと、ディナーには大勢の名士たちが集まったが、その中に彼女がいたら、すぐに気づいたはずだ。

カリードはもう一度マギーを見やった。タータンチェックの毛布に包まれてうずくまり、頭をシートにあずけて目を閉じている。その姿は弱々しく無防備に見えるが、この雨の中を歩いていたくらいだから、芯《しん》は強いのだろう。さまざまな面を併せ持つこの女性に、彼は好奇心をくすぐられた。こんなことは、ずいぶん久しぶりだ。

今夜は警護の者や厩舎のスタッフを連れていなくて、つくづく正解だった。

カリードはかれこれ六週間も、異母兄である現国王ファルークがヨーロッパやアメリカ、オーストラリアに所有する地所を視察してまわっている。ファルークが不治の病に冒され、カリードが次期国王に決まってからというもの、彼は大勢のお供につき添われるようになった。視察以外に、社交上のスケジュールもぎっしりつまっている。

社交上のつき合いか。カリードは苦々しく思った。同じ時間を費やすなら、山岳地帯から新鮮な水を引くためのパイプライン・プロジェクトを指揮したほうが、はるかに意義があるというものだ。

闇の中に明かりが見え、カリードはほっと肩の力を抜いた。建物の中に入ったら、彼女のけがの有無を調べ、必要なら医師を呼ぼう。彼は車庫を迂回《うかい》し、オーナー用のプライベート棟を目指した。

「着いたよ」

カリードは身を乗り出し、マギーを揺り起こした。だが、彼女はぐったりとして動かない。カリードは眉を寄せ、一瞬ためらったのち、彼女の青白い頬に手を当てた。氷のように冷たい。

「マギー、起きるんだ！」

あの声だわ。軽快なリズムと温かな響き。きらめく三日月刀を手にしたエキゾティックな砂漠のプリンスの姿が思い浮かび、マギーは口元に笑みを浮かべた。

「マギー！」

せっかく夢を見ているのに。マギーは邪魔な手を払いのけた。夢の中でプリンスがほほ笑み、彼女を抱き寄せた。宝石のように輝く瞳で見つめられ、息が苦しい。プリンスはマギーの膝の裏に手を差し入れ、彼女の体を抱き上げた。弾力性のある、たくましい腕。

これまで味わったことのない安心感がマギーを包み、同時に、期待が胸にこみあげた。暗くかげった彼の目は未知の喜びを約束し、官能的な唇がキスへの期待をあおる。

マギーの胸に、彼の心臓の安定したリズムが伝わってくる。プリンスは彼女を抱いて温かい砂の上を歩き、もうすぐ二人は……。

顔に水滴が当たり、マギーはとまどった。砂漠にも雨は降るのかしら。

彼女は無意識のうちに身をすり寄せ、刺激的な男性の香りを吸いこんだ。彼の服と肌も濡れている。

目を開けると、マギーは男性の腕に抱かれ、吹きすさぶ嵐の中を進んでいた。彼女は驚いて息をのんだが、その音も風にかき消された。

古典的な植民地時代《コロニアル》様式の建物のベランダに沿って明かりが輝き、ドアの上の採光窓から暖かそうな明かりがもれている。ふいに、すべての記憶がよみがえった。マーカス。家に向かう長い道のり。エキゾティックな見知らぬ男性。ここは、タラワンタの屋敷なんだわ。

「下ろして」マギーは体を起こして逃れようとしたが、無駄だった。

「もう着く」

軒下に入ったカリードはさらにぴったりと彼女を抱き寄せ、正面のドアを開けた。マギーの胸に先ほどの思いがよみがえる。このままずっと彼に寄り添い、ぬくもりを感じていたい。

マギーは固く目を閉じた。これは現実のはずなのに、不思議とくつろいで、なんだか宙を漂っている感じがする。彼女はうっとりと、カリードの肩に頭をあずけた。

カリード。なんてすてきな響きかしら。彼女は唇を動かし、その音を確かめた。

次の瞬間、彼の抱き方が変わり、ほどなくマギーの足はバスルームの床についた。彼女は、支えられてやっと立っている状態だった。

「さあ」魅惑的な低い声がささやいた。「服を脱いで」

「なんですって？」

はじかれたように見開かれた目に、カリードは釘《くぎ》づけになった。明かりの下で見る彼女の目は、豊かな蜂蜜《はちみつ》色で、ところどころにグリーンの炎が舞っている。催眠術にかかってしまいそうだ。

マギーは弱々しい手つきで彼の胸を押した。

自力で立とうと苦戦する姿を見守りながら、カリードは唇を引き結んだ。彼女は今夜、誰かに無理強いされたのだろうか。そう考えると、たちまち体が熱くなった。

「服がびしょ濡れだ。脱がないわけにはいかないだろう」

「人前でそんなことはできないわ」

カリードは、彼女の頬が赤く染まり、淡いそばかすが浮き上がって見えるさまに魅せられた。いまどき頬を赤く染める女性がいるとは。そういう女性を最後に見たのは、はたしていつのことだったか。

「僕はただ、君が凍えないようにと思っているだけだ。君の体に興味があるわけではない」

マギーの頬の赤みが増し、濃いばら色になる。彼女はすばやく視線をそらし、血の気のうせた唇を噛《か》みしめた。

「自分のことは自分でできるわ」

本当に？　カリードはすばやく考えた。彼には二つの信念がある。直感に従うことと、責任を果たすこと。何年も前、妻シャヒーナの死に続く暗い悲しみの日々をどうにか乗り越えることができたのも、責任感のおかげだ。本当は世界を締め出し、彼が愛したただひとりの女性である亡き妻を思い、嘆きに浸っていたかった。けれど国民に対する責任が、彼に目的と力を与えてくれた。

そしていまは、直感と責任感の両方が、マギーのそばにとどまるべきだと告げている。

それだけではない。マギー・ルイスの何かが、ずいぶん長い間なかった形で、彼の琴線に触れた。その事実に気づいて、カリードは愕然とした。

「では、君を嵐の中にほうっておけばよかったとでも？」

「そうは言っていないわ。乗せてもらったことには感謝しています」マギーは生まれて初めて大理石のタイルを目にするかのように、バスルームを眺めている。「でも、家に送ってくれたほうがよかったのに」

その言葉はいまも弱々しいが、目は澄んで、焦点もしっかりしている。

カリードはゆっくりと手を離し、マギーがひとりで立てることを確かめた。それからディナージャケットを脱ぎ、ジェットバスの端にかけた。

彼女に背を向けてジャケットを脱ぐカリードの機敏な動作に、マギーはじっと見入った。広い肩、男性らしいたくましい胸と細いウエストが印象的な上半身。濡れたシャツが映し出す完璧《かんぺき》な体を前に、彼女は口の中がからからになるのを感じた。

同時に、気まずさがこみあげてきた。もちろん、彼は私の体なんか見たくないに決まっている。自分に女性としての魅力がないことくらい、最初からわかっているわ。今夜はそれを改めて思い知らされただけ……。

ざあっという音がして、マギーは現実に引き戻された。カリードが身をかがめ、シャワーの栓をまわしている。濡れた黒いズボンが、長い脚と引き締まった腰の形をくっきりと映していた。マーカスも背が高く、体つきもがっしりしているけれど、完璧さという点で、この男性の足元にも及ばない。

「コートを脱がせるよ」

カリードはマギーの返事を待とうともしなかった。彼のまわりの人間は、みんな無条件で従うのかしら。

無言で立ちつくすマギーの肩から、彼は器用にコートを脱がせた。

カリードの濡れた上半身に目が行かないよう、マギーはずっと黒い蝶《ちょう》ネクタイに視線を固定していた。けれど皮肉なことに、蝶ネクタイを見つめれば見つめるほど、それをはずして襟を開いてみたくなった。彼の肌は襟の中も輝く金色なのかしら。

気まぐれな思考が自分でも怖くなり、マギーは誘惑から逃れようと目をつぶった。こんな奔放な気分は生まれて初めて。今夜のショックで、頭の中がどうかしてしまったのだろうか。

考えてみれば、マーカスに対してこんな気分になったことはなかった。彼を好きだったし、尊敬もしていたから、そのまま親密な関係へと進むのが順当なのだろうと思っていた。でも、マーカスを男性としてこれほど強く意識したことはない。

マギーは急に落ち着かない気分になった。

これは欲望なの？

そういうことに関して、マギーはあまりに疎かった。生まれてからずっと農場で暮らし、支配的な父親と長時間の労働によって、世間から隔てられてきた。だからこそ、マーカスとの間にめばえかけた関係が、かけがえのないものに思えたのだ。

「次はドレスだ。それで問題なさそうだったら、あとは自分ですればいい」

　カリードの声は実に淡々としている。けれどたとえ彼が電話番号を読みあげるだけでも、セクシーなその声にマギーはうっとりと聞き入っただろう。

　やめなさい。マギーは自分に命じた。彼に出ていってもらうのよ。そうすれば、いつもの私に戻れるわ。平凡で現実的なマギー・ルイスに。空想に浸ることもなければ、誰かの声にとろけてしまいそうになることもない。

　カリードの手が背中にまわるのを感じ、マギーは唇を噛んだ。しかたがない。こんなに手が震えていては、自分でするのは無理だもの。結局、彼がファスナーに取り組む間、彼女はじっと立っていた。

　ファスナーが下へすべっていく。耳元で脈が鳴り響き、シャワーの音が聞こえない。ファスナーが一センチ刻みでゆっくり下りていく感触に、肌が張りつめ、鳥肌が立つ。直接触れ合っているわけではないのに、彼が間近に立って腕をまわしているせいで、体温がひしひしと伝わってくる。

　一瞬めまいがし、マギーは背筋に力をこめた。

「これくらいでいいだろう」その声に抑揚はない。ドレスをそっと脱がせる間も、カリードは服しか見ていなかった。

　まるでマネキンの服でも脱がせるみたい。マギーにはどういうわけか、これが一連の出来事の中でも最悪のことのように思われた。

　マギーの目に怒りの涙がこみあげ、視界がぼやけた。

　真新しい下着を着て、あらわな姿で立っているというのに、ちらりとも見ようとしないなんて。まるで私が生身の女性ではないみたいだ。

新しい服なんか着て、誰をごまかすつもりだったの？　マギーは苦々しさを噛みしめた。私はもともと背が高すぎるうえに、体は直線的で、ほかの女性みたいにセクシーなところはまったくない。

男性が私に注目するのは仕事のときだけ。厩舎でなら、私は男性にも引けを取らない。結局のところ、それがすべてを物語っているのではないかしら。マギーの体の奥で、何かが小さく縮こまった。胃が引きつったように痛み、彼女は前に身をかがめた。

「マギー？　どこか痛いのかい？」黒い瞳が彼女の目をとらえ、固い指が肩に食いこんだ。

「いいえ」マギーはあえぎにも似た声を振り絞った。「ただ、ひとりになりたいの。お願い、出ていって」

カリードは唇を引き結び、彼女の全身に目を走らせた。それから、ゆっくりと手を離した。

「わかった」

言うなり、彼は出ていき、マギーは豪奢《ごうしゃ》なバスルームにひとり取り残された。

一瞬、マギーは彼を呼び戻したくなった。私を抱きしめて。こみあげる痛みと凍えるような寒さから、私を守って。

続いて、プライドが主張した。彼は解放されて、ほっとしているのよ。私はこれまでだって、なんでもひとりでやってきたでしょう？

老女のような足取りで、マギーはゆっくりとシャワーに向かった。鍵《かぎ》をかけるには及ばない。彼が押し入ってくる心配はないのだから。

その事実に、どうしてこんなに傷つかなければならないの？

2

　やわらかな白いタオル地のローブに包まれて、マギーはバスルームのドアを開けた。脱ぎ捨てたドレスは、カリードがいつの間にか片づけたようだ。ローブはぶかぶかで体が埋もれそうだが、贅沢《ぜいたく》な生地が湿った肌に心地よい。

　一瞬、マギーはドアのところでためらった。それから彼の声に気づいて、はっと振り返った。

「気分はよくなったかい？」カリードは彼女の二、三歩手前で立ち止まった。脚を広く開いた立ち姿が、いかにも男性的な感じだ。彼はマギーを頭のてっぺんから爪先まで観察した。「そのようだな。頬に赤みが戻った」

　当然だわ。マギーの肌は焦げるように熱くなり、カリードのローブが急に居心地悪く感じられた。彼の視線にさらされて体が妙に敏感になり、素肌が生地にこすれてひりひりとうずく。

　それともこの感覚は、カリードの服が体の線をくっきりと表しているせいかしら。たくましい腿から視線を下げて彼の素足を目にした瞬間、マギーは息が止まった。彼は足までセクシーだ。セクシーな足なんて、考えたこともなかった。

　やっとの思いで息を吸い、視線を悟られなかったことを祈りつつ、マギーはあわてて彼と目を合わせた。

「ありがとう。ずいぶん楽になったわ。お湯の力は大したものね」もしかして、しゃべりすぎかしら。神経質になっている自分に気づいて、マギーは乾いた唇を舌で湿らせた。

「こちらへ」

カリードに手を差し出され、自分でも驚いたことに、マギーはすんなり手を出した。彼女の手を包む固い手のぬくもりが、不思議なほど心地よい。からみ合った手から、快感がさざなみとなって這《は》い上がった。

カリードに案内されて、マギーは広い居間へ移動した。金縁の鏡や優雅なアンティークの家具に囲まれた部屋は、本来なら彼女を圧倒したかもしれない。けれど暖炉の炎とソフトな明かりのおかげで、部屋はくつろいだ雰囲気を醸し出していた。暖炉の前の長いソファにはクッションがいくつも置かれ、見るからに座り心地がよさそうだ。

「どうぞ、かけて」カリードはソファを示した。

「服が乾いたら、家まで送っていく。それまでに、しっかり体を温めておかないと」

その心配はいらないわ。やわらかなクッションに腰を下ろしながら、マギーは思った。温かいシャワーを浴びて暖炉の火に当たり、しかも彼に触れられて、こんなに体が熱くなっている。全身がほてって、暑いくらいだ。

カリードは黙って彼女の脚を厚い膝かけで覆い、グラスを渡した。

マギーは耐熱性のグラスから立ちのぼる湯気の香りを嗅《か》いだ。なんて、いい香り。

「これは？」

「甘いお茶。シャジェハール式のいれ方だよ。ショックを鎮めるには最適だ」

カリードは暖炉を背に、彼女と向かい合って立っている。マギーは改めて、その姿に見入った。いかにも強そうな、堂々とした体つき。自信に満ちた姿勢。みぞおちを何かに締めつけられる感じがして、彼女はあわてて下を向き、お茶を飲んだ。

「おいしい！」

「意外だろう？」

「そういうわけでは……」

「いいんだ。全部飲んで、ゆっくりくつろぐといい。僕もすぐに戻る」

カリードがその場を離れたので、マギーはほっと息をついた。

やっとひとりになれたわ。これできちんとものを考えられる。この得体の知れない感情を、どうにかしなくては。

燃え盛る炎を見つめ、少しずつお茶を飲みながら、マギーはカリードに対する強烈な反応について考えた。彼は知らない人。息を奪われるほどすてきな人。でも、惹《ひ》かれてしまうのは容姿のせいだけではない。さりげない優しさ。何があっても頼れそうなところ。当然のようにあれこれと世話を焼いてくれるところ。そういうことに、私は慣れていない。

マギーは目をしばたたいた。人に世話を焼かれるというのがどういう感覚か、ずっと忘れていた。八歳のときに学校から帰ると母がいなくなっていたあの日以来、こんなふうに私を世話してくれた人はいなかった。母は妹のキャシーだけを連れていき、私を連れていってはくれなかった。

その日以来、家からはいっさいのぬくもりが消えた。父は快適な暮らしを与えてくれるような人物ではなく、まして、抱擁や慰めの笑みを期待できる相手ではなかった。厳格で気難しく、要求ばかりが多かった。マギーが看病に徹した最後の数カ月でさえ、そうした態度がやわらぐことはなかった。

「ほかに必要なものはあるかな?」カリードの声が背後で響く。

声ににじむ気遣いを耳にしたとたん、マギーの感情は堰《せき》を切ったように流れ出した。

唇が震えている。いったい私ったら、どうしてしまったの? マーカスの裏切りを知って、雨に濡《ぬ》れたくらいで、世の終わりが来るわけでもあるまいし。

私はもっと強いはずよ。マギー・ルイスはけっして泣かない。だからこそ、厩舎《きゅうしゃ》という男性社会の職場にも受け入れられたのでしょう？

「いいえ」声がかすれたので、マギーは言い直した。「けっこうよ、ありがとう」

　彼女が握りしめていたグラスを、日に焼けた大きな手が取り上げた。

「じゃ、髪を乾かそう」

　マギーは抗議しようと口を開きかけたが、頭にはすでにタオルがかぶせられている。分厚いタオルの上から長い指で力強く頭をもみほぐされ、舌先まで出かかった否定の言葉は消えてしまった。

　彼の手が紡ぎ出すリズムに合わせ、頭が前後に揺れる。私はいったい、何を反対するつもりだったのかしら。喜びの波紋が広がっていく。首筋から肩へ、さらに下へ、体の奥へと。

　タオルが離れていくとき、マギーはなごり惜しさのあまり、危うくため息をもらすところだった。なんて気持ちがいいのだろう。体は温かくて、一緒にいてくれる人がいる。彼が私のそばに。

　ぞっとするような孤独感と喪失感がこみあげ、マギーは固く目を閉じた。彼女のまわりを痛いほどのむなしさが押し包む。

　マギーはあわててかぶりを振った。痛みも、得体の知れない欲望も、振り払ってしまいたかった。大丈夫よ。確かに今夜のことはショックだったけれど、こういう弱々しい気分は一時的なものにすぎないわ。これまでだって、私はいつも強かったのだから。いつもなんとかやってきたのだから。

「泣かないで」

　かろうじて聞こえる程度の低い声が、細い音の筋となってマギーの意識に届いた。濡れた頬をぬぐう彼の手は、なんとも言えず優しい。

　マギーはそのまま目を閉じていた。涙がこみあげるなんて、今夜はこれで二度目だ。十五年間で二度目。母に見捨てられたあの日以来、一度も泣いたことはなかったのに。激しい不安が心を揺さぶる。

「お願い」マギーはささやいた。「私をひとりにしないで」


カリードはじっと炎に見入った。一見くつろいだように脚を投げ出してはいるものの、胸の内には激しい思いが渦巻いている。緊張のあまり肩に力がこもり、募る欲望のせいで手足が重い。

マギーは膝を折り、彼のそばに座っている。わずかな動きも感じられるほど近くにいて、手招きするように体温が伝わってくる。

しかし、カリードはマギーに触れなかった。

手をのばして彼女を抱きしめ、慰めたい、という本能の欲求に抵抗した。彼にもそれくらいの理性はある。

とはいえ、こうしてここに座っていること自体が、カリードには試練のようだった。結局のところ、彼女を連れてきたのは軽率だったかもしれない。

燃え上がる炎を見つめながらも、カリードの頭の中はマギー・ルイスのことでいっぱいだった。レースの下着とプライドだけを身にまとい、立っていた彼女。その姿は勇敢で美しかった。だが同時に、マギーはひどく傷つき、目には生々しい苦しみが宿っていた。

けれどカリードの注意を釘《くぎ》づけにしたのは、彼女の目ではなかった。白い肌を持つしなやかな体は優美な曲線を描いている。誇り高く突き出した胸をてのひらで支えてみたい。細くくびれたウエストから、なだらかなカーブを描くヒップまで、そっとなぞってみたい。それらの欲求があまりに強烈だったので、さっきは部屋を出ていくしかなかったのだ。でなければ、何か取り返しのつかないことをしてしまいそうだった。

　彼女の体はあまりに完璧《かんぺき》で、純粋で、まだ誰にも触れられたことがないと言われても、信じてしまいそうなほどだ。

　カリードははたと我に返った。いつの間にか、けがれのない白い肌に、日に焼けた自分の固い手が触れる場面を想像していた。僕はいったい何をしているんだ？　そういう妄想に浸る時期は、とうの昔に過ぎたはずだ。

　古い記憶がよみがえりかけ、カリードはあわてて考えるのをやめた。シャヒーナを亡くしたあと、女性とのつき合いがなかったわけではない。美しく物わかりがよくて融通のきく女性たちが、欲求を満たしてくれた。だが、感情的な交わりはいっさいなかった。快楽の上に成り立つ、つかの間の気軽な関係。それが彼の求めるところだった。それならば、心を脅かされる心配もない。妻を亡くして以来、カリードはそうやって生きてきたし、これからもそうやって生きていくつもりだ。

　しかし、マギー・ルイスに対するこの感覚は何かが違った。体の欲求も確かにある。灼熱《しやくねつ》の針となって全身を駆けめぐっている。けれどそこには、欲望だけではない何かがあった。感情をかき乱す何か。僕の感じたくない何かが。

　マギーの女性らしい清潔な香りを意識しないように気をつけながら、カリードは深く息を吸いこんだ。

「僕でよければ、話を聞くよ」かかわり合いにならないつもりだったはずなのに。「いやなことでもあったのか？」

「私がばかだったの」マギーはささやくように言い、目を伏せた。

　カリードの血は凍りついた。「そんなふうに考えるものじゃない」

「でも、本当なの。私が勝手に期待していただけ」

「君の気が変わったあとで、誰かが無理強いしたなら、それはけっして君のせいではない」

　暖炉の炎の明かりを受けて、マギーの大きな目が彼を見つめた。

「違うわ。誤解よ」最後の部分は、引きつったような笑いになった。「べつに、誰かに襲われたわけじゃないわ。もし、あなたがそういうことを想像しているならね」

　マギーが姿勢を正すと、襟元のすき間から白い肌がのぞいた。カリードは落ち着きなく体を動かし、視線をそらした。炎に視線を戻し、脈の速さと下腹部を焦がす熱を無視しようと努める。

「大丈夫、誰にも指一本触れられていないから」

「なんだって？」バージンをめぐる先ほどの夢想がよみがえり、カリードはぎくりとした。いや、まさか。彼女は今夜のことを言っているだけだ。しかし彼は誘惑に負け、もう一度マギーに視線を向けた。なんとなく、彼女は先ほどとは違って見えた。もっと生き生きとした感じがする。頬には赤みが差し、目は明るく輝いている。

　欲望がカリードの体を貫き、下腹部に力がこもった。

「べつに何もなかったのよ」マギーはぞんざいに片手を上げた。「大したことじゃないわ」

　ゆがんだ口元は、彼女の言葉が嘘《うそ》だと告げている。やはり何かがあったのだ。たとえそれがレイプではなかったにせよ。

「だが、君はショックを受けたと言った」

　マギーは肩をすくめたきり、しばらく黙りこんでいたが、やがて口を開いた。「あなたはこれまでに、何かの判断を誤ったことはあるかしら」

「もちろんだ。判断ミスは誰にでもある」

「よかった。要するに私も、判断ミスを犯したのよ。相当のミスを」

マギーは大きく息を吸いこんだ。カリードは胸の谷間に目が行きそうになるのを必死の思いでこらえた。

「今夜は、自分の愚かさかげんを思い知ったというわけ」

その言葉は強気に満ち、彼女の横顔には誇りがにじんでいる。それでもほんの一時間前には、あれだけ落ちこんでいたのだ。いまもそうとう傷ついているに違いない、とカリードは思った。

かたくななまでのプライドは、僕も身に覚えがある。父には気位が高いと非難された。カリードが怠惰で贅沢な暮らしを拒み、働いて生活の糧を得る生き方を選んだときのことだ。

「少なくとも、同じ過ちは犯さないさ」

しばらく彼の目を見つめてから、マギーはかすかな笑みを浮かべた。

「もちろんだわ。二度とあんなふうにだまされたりするものですか。こりごりよ」

悲しみから決意へ。彼女の表情が変わるさまに、カリードは心を奪われた。

マギーの知性も性格も傷つきやすさも、飾らない美しさも、すべてがカリードの興味をそそった。典型的な美人ではないものの、無駄のない端整な顔立ちは、彼の目を繰り返し引きつけてやまない。

「どこの誰だか知らないが、その男はばかだ」

「その男？」マギーは眉を上げた。

「今夜の男だよ。君をそこまで悲しませた男」

「どうして男性だとわかるの？」マギーは心から驚いているようだ。

その無邪気さに、カリードは笑みを浮かべた。

「人間の苦しみといえば、たいていは男女のことが原因だからね」

「あなたにそういう経験があるとは、想像もつかないけれど」言ってから、マギーははっとした表情になった。「ごめんなさい。その……」

「意外に思えるかもしれないが、富は幸せを保証してくれるわけではないんだよ」記憶がどっとよみがえり、カリードはつぶやくように言った。


カリードの眉間《みけん》にしわが寄るのを見て、マギーは後悔した。せっかく表情が晴れていたのに、またしても嵐《あらし》の雲に覆われてしまった。

彼に手を触れ、苦しみを取り除いてあげたい。激しい衝動がこみあげたが、もちろん、そんなことはできるはずがない。そこでマギーは話題を変えた。

「あなたはシャジェハールから来たのでしょう？」

カリードはうなずいた。「ああ」

「お国について話してくれない？　旅行は一度もしたことがないの。とてもエキゾティックな響きね」

質問の真意を探ろうとするように、黒い目が見つめ返した。マギーは思わず身震いし、ローブの襟を立てた。たぶん、もう帰るべきなのだ。服など乾いていなくてもかまわない。もう充分に長居をしてしまったし、彼にそんな目で見られると落ち着かない。

「コントラストの鮮やかな、美しい国だよ。場所によっては、このハンター・バレーに似ていなくもないが、国土の大半は乾燥地帯だ。それでも注意深く観察すれば、すばらしい豊かさにあふれている。もちろん、石油から得られる収入のことではない」

カリードの表情からは、祖国への愛情がひしひしと伝わってくる。

「人々はたくましく、自国の伝統に誇りを持っている。だがいまは、古いやり方と現代社会のいい部分を融合させようと、もがいているところだ」カリードはマギーの顔をじっと見つめた。「外国へは、一度も旅行したことはないのかい？」

「外国どころか、ほとんどどこへも」彼の興味に気づいて、マギーは続けた。「うちは小さな農場だったから、日々の生活をやりくりするのがやっとで、旅行は贅沢だったのよ」

「じゃ、家を出てからは？」

マギーはうつむき、厚い膝かけを握っている両手をじっと見つめた。

「家は出ていないのよ。都会へ出て大学へ行くつもりだったけれど、家は貧しかったし、父は私なしではやっていけなかったから」

〝私は責任を果たし、おまえを育てたのだから、今度はおまえが私を助ける番だ〟ことあるごとに、父はマギーに言った。父の考える〝責任〟に、ぬくもりや愛情がほんの少しでも含まれていればよかったのに。

「では、いまは？」

「いまは、この厩舎で働いているわ」

「家計を助けて？」

マギーは古びた家のがらんとした寝室を思い浮かべた。

「家計と言っても、家族は父だけだったし、その父も数カ月前に亡くなったから」

「それはさぞ、恋しいだろうね」

恋しいかしら。厳しい教えと批判ばかりの父との暮らしが？

「その、父はかなり難しい人で……。きっと、息子を持つべきだったのね。娘は期待はずれだったんだわ」

「つらかっただろうね」

その言葉は共感に満ちている。マギーはとっさに彼を見やった。

「この世に生まれたすべての子供が、最高の両親に恵まれるとは限らない」

「あなたもそうだったの？」

カリードは一瞬、黙りこんだ。個人的な質問に、驚いているようにも見える。

「僕の父は、子供のために割く時間などなかった。ほかのことが忙しすぎてね。家にはほとんどいなかったし、たまにいても、まあ、小さな子供と向き合うだけの忍耐はなかった、とでも言っておくかな」

マギーは刺すような痛みに襲われた。親の残酷な無視に押しつぶされまいとひたすら耐えるつらさは、彼女も身をもって知っている。

「つらかったでしょうね」マギーの声はかすれた。「男の子には、父親が必要なのに」

「女の子にも必要だよ」

カリードの心得たひと言は、マギーが心のまわりに築いたもろい防御の壁を打ち砕いた。母がマギーを残して妹のキャシーだけを連れていってからというもの、マギーはずっと、自分は誰にも愛されないのだという思いと闘ってきた。そしていま、その痛みはうつろな穴となってふくれ上がり、彼女の存在そのものをのみこもうとしている。喉がつまり、息ができない。

「マギー」彼女のショックに気づいたのだろう。カリードは彼女を抱き寄せ、小さな円を描くように背中をさすった。

「手慣れているのね」なんとか平静を取り戻し、過剰に反応するまいと努めながら、マギーはささやいた。「お姉さんか妹さんがいるの？」

「姉妹はいない」

「じゃあ、奥さんは？」

「妻はいない」カリードは答え、一瞬の沈黙を置いて、つけ加えた。「マギー、僕に腕をまわして」

もう一度促される必要はなかった。マギーは彼の体に腕をまわし、温かい体にぴったり身をすり寄せた。たとえ気まずい思いをすることになっても、いまは慰めが欲しかった。

マギーを抱くカリードの腕に力がこもる。彼のぬくもりが体の芯《しん》に達し、全身にさざなみのような震えが広がっていく。カリードのたくましい体。その体から伝わるエネルギー。いまはそれらが、世界じゅうの何よりも確かな現実に感じられる。芳香が彼女の鼻をくすぐり、慰めとは別の感覚を呼び覚ました。

カリードの香り。感触。耳元で響く力強い心臓の音。マギーにはすべてが驚きだった。彼女は上質なシルク地のシャツに顔を押し当てた。引き締まった肌の感触と熱が、布の向こうから誘うように伝わってくる。温かく健康的な男性の香りを、マギーは胸いっぱいに吸いこんだ。

カリードの心臓のリズムが加速した。マギーはおずおずと片手を上げ、彼の胸に当てた。

彼の肌が小刻みに震え、振動が波紋状に広がる。マギーの背中をさすっていた手がぴたりと止まり、もう一方の手が彼女の腕をつかんだ。

たちまちマギーの脈は速くなり、耳の中で雷鳴が聞こえた。罪のない抱擁は、突如として無言の危険をはらんだ何かに変わった。

興奮と切望の思いが、泉のようにわき起こる。もっと欲しい。彼が欲しい。マーカスにいだいていた気持ちとは、まるで違う。もっと本質的で、衝動的な感じだ。経験のない私でも、はっきりわかる。

体の奥で熱がみるみる広がった。自分がどれだけ彼を求めているかに気づき、マギーは愕然《がくぜん》とした。

「もう離れたほうがいい」カリードの声は張りつめている。

マギーの頬が赤くなった。私ったら、いったい何を考えていたの？　彼は私を慰めようとしただけ。誘惑をもくろんでいたわけではないのよ。自分が強烈な欲望を感じたからといって、相手も同じとは限らない。今夜あれだけの思いをしながら、まだ懲りないの？

「マギー、体を起こして。後悔するようなことは、したくないだろう?」

マギーは顔をしかめた。後悔するようなこと?

「どういう意味?」しばしの沈黙ののち、彼女は尋ねた。

たくましい手が、マギーをそっと押し戻した。カリードの黒い目が、じっとこちらを見ている。その表情は暗く、唇は硬く結ばれたままだ。

「君はいま、気持ちが高ぶっている。いつもの自分ではない。こんなことは、もうやめにしよう。火遊びがしたいわけではないだろう」

「火遊び?」まさか、彼も感じているというの? 親密さを分かち合いたいという、激しい飢えにも似た突然の欲求を? 彼も私が欲しい、と? ありのままのマギー・ルイスを?

カリードの目が細くなり、視線がマギーの口元に、続いてローブの襟元に注がれた。視線が移動するままに、彼女の肌は燃え上がった。胃が締めつけられ、呼吸が浅くなっていく。

「僕は男だ、マギー。いまやめなれば、慰めだけではすまなくなる。はるかに親密なものになってしまう」

その言葉は、二人の間でこだました。本当なら、マギーはショックを受けて引き下がるべきなのだろう。けれど彼の大胆な告白は、逆の効果をもたらした。興奮がさざなみとなって彼女の背中をつたう。

理性、用心、慎み。マギーはなんとか、これまでの自分を取り戻そうと努めた。

だがすでに、決定的な何かが変わっていた。マギーはいま生まれて初めて、男性を求めるというのがどういうことかを知った。本当の意味で、全身全霊で求めるというのが。差し迫った欲求は、押しとどめることなど不可能だ。有無を言わせぬ力で体を揺さぶる。

選択肢は二つ。これが錯覚にすぎないふりをして、いつものように自分を押し殺すか。それとも、あるがままに受け入れ、生まれて初めて感じる強烈な欲望に身をゆだねるか。

大胆になるか。それとも、理性に従うか。

私はこれまでずっと自分を犠牲にし、理性に従って生きてきた。その結果、どうなったというの。

「あなたは、いやなの？」

自分の声がかすれていることに、マギーは気づかなかった。興奮と不安が喉を締めつける。

カリードは体を離し、目をこらして彼女の様子をうかがっている。断るつもりね。マギーの心のどこかで明かりが消えた。

長い沈黙ののち、カリードはようやく口を開いた。

「そういうことは、するべきではない」彼はぎこちない手つきで髪をかき上げた。「するべきではないが……したいと感じている」

3

ばかな。やめないか。

カリードは自分を戒めた。マギーは疲れきって、まともに考えられないだけだ。どんなに彼女が欲しくても、機会に乗じるようなまねは許されない。僕には彼女を守る責任がある。

「君は傷ついている。そんなことを言うのは痛みのせいだ」カリードは無理やり言葉を押し出した。

「君に必要なのは、ほんの数時間一緒にいるだけの人間ではなく、もっと多くを与えられる人間だ」

体の喜びしか与えられない人間ではなく。感情的なかかわり合いを、何年も前にあきらめてしまった人間ではなく。

いつの日かマギー・ルイスに必要なすべてを与えるであろうその人物に、カリードは一瞬、刺し貫かれるような嫉妬《しっと》をおぼえた。

マギーはかすかに顎を上げた。その姿からはプライドと痛みが伝わってくる。

「その数時間が、私の欲しいものだと言ったら？　それ以上は求めていないとしたら？」

カリードの体の中で欲望が渦を巻き、下腹部に力がこもった。体が勝手に動いてしまわないように抑えているので、全身の筋肉がこわばっている。

いや、これは単なる欲望ではない。もう何年も味わったことのない感覚だ。

カリードの意識に、しっとりとした茶色の目が浮かび、胸がこすれるように痛んだ。

「だめだ。僕にはできない」こわばった喉から言葉を絞り出す。

「そうよね」

マギーのささやきに、彼の肌は張りつめた。

カリードは震える息を吸いこんだ。大丈夫。これでいい。これが名誉ある選択だ。あとはただ……。

そのとき彼は、マギーがうなだれ、唇を噛《か》みしめる姿に気づいた。

「今夜はありがとう。助かったわ」マギーはぎこちなく告げ、視線をそらした。「気まずい思いをさせて、ごめんなさい。あなたなら女性には不足していないでしょうに」

ごめんなさい、だって？

マギーの横顔には緊張がにじみ、唇は引き結ばれている。これでは彼女をますます苦しめただけじゃないか。カリードはとっさにマギーの顎に手をのばし、自分の方に向けた。彼女は抵抗した。彼の手首をつかみ、引きはがそうとする。

「君は謝ることなど何もしていない」

マギーははじかれたように目を上げた。そこには驚きと不信の念が映っている。彼女のやわらかい肌が、これほど誘惑的でなければいいものを。カリードは思わずにはいられなかった。

この超人的な忍耐に、運命はいつか報いてくれるのだろうか。こうしてマギーの香りを吸いこんでいると、自分がどうにかなってしまいそうだ。彼女の姿も感触も、過去のどんな思い出より生々しく僕を誘惑する。カリードにはそれが恐ろしかった。正直なところ、彼女が欲しくてたまらない。

マギーは背中を反らし、彼の手を逃れた。「いいのよ。私は平気だから。そろそろ帰らなくちゃ」意に反して声が弱々しくなり、彼女は反射的に顎を上げた。

なんと強い女性だろう。カリードは胸を打たれた。彼女を助けるつもりが、僕はさっきから翻弄《ほんろう》されているばかりだ。下着姿で震えていたマギーの様子が思い浮かび、彼の中で熱いものが波となってみるみるふくれ上がった。やがてそれが高さの極みに達するや、カリードの決意はもろくもくずれた。

一度だけ。一度だけキスをすれば、この駆りたてるような欲求も少しはおさまるのではないだろうか。彼女は充分に欲望の対象なのだと、本人にわからせるためにも。

「マギー」

カリードはもう一度彼女の顎を持ち上げ、体を近づけた。マギーは目を見開いた。彼の意図に気づいて、口元からわずかに力が抜ける。

マギーの唇は彼の唇の下で震えていた。カリードは腕をまわし、さらうように彼女を抱き寄せた。ほっそりした女性的な体つき。甘く新鮮な味わい。腕と唇から伝わる感覚が、とどろく大波となって彼の全身を揺るがした。カリードは深く息を吸い、気持ちを落ち着かせた。穏やかな、探るようなキスにしなければ。

ぴったり合わさった唇の感触と、マギーの口からもれた静かなため息には、心を揺り動かされた。彼女の体は、まるであつらえたみたいにカリードの腕にほどよくおさまっている。恋人同士のように完璧《かんぺき》なキスだった。

彼がキスを深めると、マギーもおずおずと応《こた》えた。カリードの全身を純粋な喜びが駆け抜けた。

あともう一分だけ……。

世界がまわり出すのを感じ、マギーは目を閉じて彼の肩にしがみついた。カリードの唇と抱擁がもたらす感覚は、彼女を新たな世界へいざなった。

欲望の爆発によって二つの唇はひとつに溶け、二つの心臓は同じリズムを刻みはじめた。マギーは体をのばし、夢中で彼の頭を抱き寄せた。

もっと欲しい。

カリードを求める思いは飢えとなってみぞおちのあたりを引き絞り、奇妙な痛みとなって下腹部に広がった。体の奥のうつろな感覚をやわらげようと、マギーは身を動かした。

熱くなった血にあおられるまま、マギーは夢中でキスを返した。いまはとにかく、互いの情熱がもたらす甘い陶酔に身をゆだねたい。カリードの全エネルギーが、この身に注がれている。

彼の手がローブの上から胸を包みこんだとき、思いもよらない衝撃に、マギーは唇を合わせたまま息をのんだ。続いて彼の親指が胸の頂を刺激するや、まぶたの裏で青い炎が燃えた。全身に火花が散り、期待に体が張りつめる。

マギーが胸を押しつけると、彼の手にさらに力がこもった。快感に体が震え、彼女は背中を反らした。

そうよ！

「お願い」何を求めているのか自分でもわからないまま、マギーはすがった。

カリードの手が離れ、彼女は一瞬、打ちのめされた。けれどその手はすぐにローブの襟から中へ忍び入り、ふたたび胸を包みこんだ。今度は二人の肌を隔てるものは何もない。彼の手がゆっくりと胸を愛《あい》撫《ぶ》し、優しく力をこめる。その感触は、とても言葉では言いつくせない。

マギーは彼の腕にもたれて唇を離し、苦しくなった肺にたっぷりと息を吸いこんだ。

カリードは肩で息をしながら、黒く輝く目で彼女を見ている。その表情は読めないが、伏せたまぶたが、押しとどめている情熱の激しさを物語っている。強い意志の力で抑えているに違いない。

もう終わりかしら。彼はこのまま手を引いてしまうの？

だめよ、とても耐えられないわ。たったいまの、奇跡のような味わい。あんな思いをさせてくれるのは、彼しかいない。もっと欲しい。いまだ経験したことのない男女の親密な喜びを、私も一度くらい味わってみたいと願うのは、そんなにいけないことだろうか。

マギーは胸を覆う彼の手に自分の手を重ね、力をこめた。カリードの指に力が加わり、甘美な喜びが波紋となって、彼女の全身に広がっていく。

「お願い、カリード」自分の求めているものが、今度こそはっきりわかる。続きが知りたい。本当の意味で男性とひとつになる喜びを、私も経験してみたい。

カリードの表情は硬かった。揺れる炎の明かりのせいで、端整な顔が険しく見える。

本当に行ってしまうつもりなんだわ。マギーは察した。心の中で、プライドと欲望がせめぎ合った。いまさら取りつくろっても、しかたがない。

マギーは無言でローブの襟を引き開け、もう一方の胸をあらわにした。

ひんやりした空気が素肌を撫《な》でる。

不安と期待に、マギーの胸は鼓動を速めた。カリードが喉をごくりとさせる。続いて彼は、大きく息を吸いこんだ。

マギーは震えながら、ひたすら待った。だがやがて、カリードは彼女の胸から手を引いた。

マギーは負けを悟った。彼は私の胸が気に入らないんだわ。べつに驚くことではない。私の体が女性の魅力に欠けていることくらい、わかっている。彼女はローブの襟をもとに戻した。

続いて彼の手が触れたとき、マギーは飛び上がるほど驚いた。わけのわからぬままソファから抱き上げられ、気づくと、たくましい腕の中にいた。カリードの目は熱を帯びて潤んでいる。

「本当にいいんだね？」

かすれた低い声が、マギーの体の中でこだました。

マギーはうなずいた。口の中がからからになって言葉が出ない。部屋には沈黙がたれこめ、はじける炎の音以外、何も聞こえない。彼女は息をひそめて待った。

「わかった」カリードはいきなり体の向きを変えた。

次に気づいたときには、二人は広くてほの暗い寝室にいた。マギーの目に、豪華な家具とロイヤルブルーのベッドカバーがぼんやりと映る。カリードはベッドカバーを乱暴に引きはがし、彼女をシーツの上に転がした。

二人の目が合い、マギーの脈は速くなった。耳元で脈が激しく打っている。カリードはボタンにかまわず、着ているシャツを脱ぎ捨てた。ほどなく残りの衣類も床に落ちた。

マギーの目の前に立つカリードの姿は、堂々として美しかった。暖炉の火が彼の肌に金色の光と影を投げかけ、浮き彫りのような効果を生んでいる。長い腕と脚。男性的なたくましい体つき。男性の容姿がこれほど完璧かつ感動的なものだとは、想像したこともなかった。

男性経験はないと打ち明けるべきかしら。マギーはちらりと考えたが、すぐに迷いをはねのけた。いまさら、ためらってほしくない。

カリードがベッドのそばの引き出しに手をのばし、小さなフォイルのパッケージをテーブルに置いた。その中身に気づいて、マギーの顔は熱くほてった。避妊に配慮してくれるのはうれしいが、現実を突きつけられているようで、気まずさがこみあげる。

「君も脱がなくては」

カリードの声が、思考を遮る。マギーの体は緊張した。彼の手がのびて、ローブからベルトを抜き、ゆっくりと前を開いた。カリードはその場に立ち、無言のまま彼女の全身に視線を走らせた。マギーはふたたび不安に駆られた。どう思われているのかしら。

カリードは深く息を吸いこんだ。呼吸に伴って腹筋が引き締まるさまに、マギーは目を奪われた。鍛え抜かれた体だ。

マギーが彼の魅力についてさらに考える間もなく、カリードは彼女のローブを脱がせ、床に落とした。そして次の瞬間、勢いよく彼女に覆いかぶさった。彼の体は炉のように熱い。彼と触れているあらゆる部分から、これまで味わったことのない刺激が伝わってくる。からんだ脚の固い感触。敏感になった胸をこする筋肉の、えも言われぬ心地よさ。そして腿に押し当てられた、欲望のあかし。

官能のあまりの高ぶりに圧倒され、マギーは息を震わせた。

けれど、さらに続きがあった。カリードの顔が近づき、彼女の胸の頂を口に含んだ。マギーはたちまち恍惚《こうこつ》に我を忘れた。

「カリード！」息がつまり、声がかすれて言葉にならない。マギーの全身を衝撃が駆け抜けた。

最初は優しく、やがて激しく、カリードは彼女の胸を味わった。続いて彼はもう一方の胸に手をのばし、円を描きながら、なぶるように愛撫した。マギーは喜びのあまり死んでしまうのではないかと思った。

マギーはカリードの豊かな黒髪に指を差し入れ、抱き寄せた。熱い液体が脈を打ちながら血管を流れ、みるみる脚の付け根に集まっていく。彼女の欲望は一気に高まった。彼が欲しい。いますぐ。

「まだだよ、お嬢さん」カリードはあわてる気配もなく、新たな発見を求めて、ひたすらマギーの体を探りつづけた。

肩から指先へ、感じやすい耳元から首をつたって両の胸へ。カリードはたっぷりと時間をかけてマギーを愛撫し、キスを浴びせて彼女の反応を確かめた。彼がさらに下へと移動するのを感じ、マギーはため息をついた。へそから腰へ、腿へ、そして膝の裏へ。

マギーの体の中で次々に爆発が起こり、喜びの波紋が広がっていく。カリードに触れられるたびに、体に力がこもったり、脱力したり、めまぐるしく変化する。唯一変わらないのは、刻一刻とふくれ上がる欲望だけ。まもなくそれは、うずくような痛みに変わった。

はてしない時間が過ぎたのち、カリードはようやく、マギーの腿の内側に固い手でそっと触れた。彼はその手を、さらに上の最も熱くほてった部分にすべらせた。

欲望の頂点を撫でられ、マギーは思わず声をあげた。稲妻のような衝撃が駆け抜け、体がはじかれたように浮き上がる。

体が燃えている。息ができない。こんなに激しく動悸《どうき》がするのでは、そのうち窒息してしまうに違いない。

「カリード」マギーは彼の肩をつかみ、引っ張り上げようとした。

もはや迷いはない。大丈夫。彼ならかまわない。それどころか、これまでずっと彼を待っていたような気さえする。

そのときカリードの体が覆いかぶさり、マギーの思考は砕け散った。彼女は考えるのをやめた。

底の見えない黒い瞳が、マギーをじっと見下ろしている。激しい嵐《あらし》のただ中で、彼女がおぼえたのは安心感だった。

カリードが腿を押し開く。マギーの脚は震えていたが、それでも本能的に体を浮かせ、彼を迎えた。

彼女の中に身をうずめながら、カリードは首筋に唇を当て、やわらかな肌を歯でなぞった。マギーは満たされるような引っ張られるような不思議な感覚にとらわれた。最初は違和感があったものの、彼の動きが止まると、信じられないほどの一体感に包まれた。

カリードが顔を上げた。眉間《みけん》にしわが寄っている。彼は長い間、いぶかるようにじっとマギーを見ていた。それから片手を上げ、優しく頬を撫でた。驚いたことに、その手はかすかに震えている。

マギーは彼のてのひらに顔を向け、頬をすべる固い指の感触を味わった。

「こんなすばらしい宝物を、惜しげもなく与えてくれるとは」

低くかすれた声が、マギーの胸の内で響いた。

カリードは唇を重ね、うっとりするようなキスをした。彼の体は軽やかなリズムにのって、離れたかと思うとすべるように戻る。そのたびに、マギーの全身に火花が散った。しだいに高まる緊張感の中で、彼女は夢中で彼を抱きしめ、キスを返した。

やがて、白熱の炎がマギーをのみこみ、世界が爆発した。爆発がすべてを覆いつくす中で、完全なクライマックスの瞬間だけが、いつまでも続いた。

　マギーが目覚めたとき、部屋はまだ暗かった。厩舎《きゅうしゃ》の一日が始まる時間だ。しかし、彼女はそのままベッドに横たわっていた。全身がけだるく、それでいて力がみなぎっている。体じゅうが泡立ってくすぐったいような、血管の中をシャンパンが流れていくような感じだ。

　枕《まくら》に頬をすり寄せながら、彼女は満ち足りた気分で笑みを浮かべた。なんだか生まれ変わった気分だ。平凡でつまらない、これまでのマギー・ルイスではなくなったみたい。それからふと、背中のぬくもりに気づいた。別の誰かから伝わってくる、人肌のぬくもり。

　カリード。

記憶がほろ苦い波となって押し寄せる。

情熱的な愛の行為。彼に抱かれて、私は自分が何か美しいものになった気がした。あんなすてきな贈り物は生まれて初めてだ。それらの記憶を、マギーはいとおしさをこめて抱きしめた。

　彼とひとつになったあの瞬間、私は自分が魅力的なのだとさえ思った。

　ふいに、マギーの口元から笑みが消えた。私が、魅力的ですって？　いいえ、自分をごまかすわけにはいかない。私にだって、真実と向き合うだけの強さはある。

　カリードが私を抱いたのは、私がこの身を差し出したからにすぎない。彼の目には、同情が浮かんでいたもの。しかも最初は気が進まない様子だった。私は彼の同情につけこみ、彼は私の絶望を読み取っただけ。

　ゆうべはなんとしても欲しいものを手に入れようと思った。怒りで胸がいっぱいだった。マーカスの裏切りに対する怒り。退屈で骨の折れる、これまでの人生に対する怒り。ずっと耐えてきた心の傷に対する怒り。せめてひと晩、強烈な喜びを味わいたかった。その喜びをカリードなら与えてくれるだろうと、私は本能的にわかっていた。

一夜が明けたいま、私に彼と顔を合わせる勇気はある？　マギーは嫌悪感を押し隠すカリードの顔を思い浮かべた。

マギーは肩越しに彼を振り返った。彼はいまも眠っている。夜明け前の暗がりの中でさえ、広い肩と厚い胸板が、彼女の目を引きつけた。体がたちまちほてり、痛いほどの欲望がよみがえる。

だめよ！　マギーは自分を制した。夢は終わり。確かにゆうべはすてきだった。一生に一度の経験だった。でも、そこにはなんの未来もない。カリードには、ひとりで目覚めてもらったほうがいい。彼も私にまつわりつかれずにすむとわかって、ほっとするに違いない。

マギーはゆっくりと毛布をめくり、静かにベッドを抜け出した。

カリードが目覚めたのは、ちょうど夜明けの時刻だった。彼は即座に、ゆうべのことを思い出した。それを裏づけるように、下腹部はすでに高まっている。マギー・ルイスとの営みは、驚くばかりに完璧だった。本音を言うなら、一度ではとても足りなかった。スリムでセクシーな彼女の体を、何度も心ゆくまで味わいたかった。その欲求をなんとか抑えつけたのは、マギーにとって自分が初めての男性だとわかったからだ。

カリードの体を衝撃が駆け抜けた。

僕が初めての男性。その発見は、男性としての彼の本能をくすぐった。カリードはけっして、バージンを奪って悦に入るタイプの人間ではない。性の喜びを求めるときには、もっと世慣れた、深入りする心配のない女性を選ぶ。

にもかかわらず、カリードはいま、もう一度彼女を味わいたいという、飢えにも似た激しい欲求に駆られていた。

マギーは僕を求めていた。喜んで僕を迎え、終わったあとも、僕を信頼しきって子猫のように身をすり寄せてきた。そうとも、彼女だって後悔はしていないはずだ。

恋人が欲しかったわけではないが、こういう展開になってみると、マギーとつき合うことに問題があるとは思えない。僕は寛大な恋人になるだろうし、彼女も後悔はしないだろう。帰国の便を変更して、滞在をのばすことにしよう。その前にまずは……。新しい恋人の温かい抱擁を期待しつつ、カリードは体の向きを変えた。

だが、ベッドはもぬけの殻だった。

カリードはシーツに腕をたたきつけた。かすかにぬくもりが残っている。彼は一気に飛び起き、部屋を横切った。彼女はバスルームにもいなかった。服も消えている。

カリードは顔をしかめた。

何も言わずに出ていったのか？　まるで僕のことを恥じるように？　カリードは深呼吸し、拳《こぶし》の力を抜こうと努めた。けれど怒りととまどいはおさまらなかった。

これまでただの一度も、女性に出ていかれたためしはない。そんなことは、考えただけでもプライドが許さない。すがる恋人から距離を置くのは、僕のほうだ。

カリードは勢いよく振り返り、部屋を見渡した。書き置きらしきものもない。なんの説明もなしか。困惑といらだちに加え、疑問がわき起こった。こんな時間にあわててベッドを抜け出す理由はなんだ？　恐怖か？　それとも罪悪感？

一瞬、どこかの新聞社に彼女が駆けこむ姿が浮かんだ。カリードに関するスキャンダルをマスコミは喉から手が出るほど欲しがるだろう。だが彼女をそこまで読み違えていたなど、あり得るだろうか。いや、それはない。彼女は僕がゆうべ感じたとおりの人間だ。確認はしておいたほうがいいかもしれないが……。

携帯電話が鳴り、カリードの思考を中断した。相手の番号を確認したのち、彼は通話ボタンを押して、椅子に腰を下ろした。

十分後、カリードは電話を終え、薄暗い部屋の向こうに目をやった。その目は、はるか遠くを見つめていた。

この十分間で、カリードの世界は一転した。

異母兄のファルークが亡くなり、カリードはシャジェハールの国王になった。

カリードはゆっくりと息を吸い、亡き異母兄のことを考えた。二人の間に親交はほとんどなく、愛情も感じなかったが、短い一生は気の毒だと思った。

しばらくして、カリードは肩をまわし、立ち上がった。国民が僕を待っている。すぐに帰国しなければ。彼は一瞬、乱れたベッドに目を留めた。いまはマギー・ルイスを捜している時間はない。彼女のことはあとまわしだ。

状況は容易に修復できるだろう。居場所を突きとめて、シャジェハールに呼べばいい。カリードの唇に、かすかな笑みが浮かぶ。

再会が楽しみだ。

4

「おいで、タリー。そろそろ出番よ」

タラワンタ厩舎《きゅうしゃ》自慢の一頭を連れてパドックへ向かうマギーに、長袖《そで》シャツの上から正午前の日差しが降り注いだ。乾いた日差しがオーストラリアの夏を思わせ、体になじんだ馬と干し草とおがくずのにおいが心地よい。

だが実のところ、ここシャジェハールでは何もかもが違っていた。たとえば、厩舎がとてつもなく豪華なこと。国王は明らかに、馬にひと財産をつぎこんでいるようだ。

一方、国民のことはあまり眼中にないらしい。馬につき添ってこの国に来てからというもの、マギーは歴然たる貧富の差を見せつけられている。モダンな複合ビルとスラムが隣り合わせに並ぶ風景も、ここでは珍しくない。

「もうすぐよ、タリー」嗅《か》ぎ慣れないにおいに気づいて立ち止まった牝馬《ひんば》に、マギーはささやいた。中東までのフライトは、馬には長い移動だった。そのあといくつもの検査を受けて、馬たちはようやく国王にその姿を披露するところだ。

緊張に身を包み、パドックに足を踏み入れながら、マギーはざっと観衆を見渡した。夜な夜な眠りを妨げる男性のりりしい姿が見つからないかと思った。

カリード。すでに一カ月もたつというのに、彼のことを考えるだけで、いまも背筋がざわめく。

あの朝以来、彼の姿は一度も見ていない。マギーはひたすら仕事に打ちこみ、起こったことについては忘れようと努めた。けれどカリードに抱きしめられ、愛を交わした記憶は、けっして消えることはなかった。どんなに自分を戒めても、思い出すたびに喜びがよみがえるのを、抑えることはできなかった。

あの日一日、マギーはカリードが厩舎を訪ねてくるのではないかと、気が気でなかった。欲望に飢え、彼の愛撫《あいぶ》に夢中で応《こた》えた前夜の自分。そんな新しいマギー・ルイスを目覚めさせた張本人と顔を合わせることを思うと、不安で落ち着かなかった。

とはいえカリードの急な帰国を伝え聞いたとき、マギーが感じたのは安堵《あんど》の念ではなく、落胆だった。

私は心の片隅で、愚かにも、あの情熱的な出会いが彼にとっても何かを意味していたのではないか、と期待していたんだわ。彼のほうも、もう一度会いたいと感じているのではないか、と。でも彼にとって、私は哀れみの対象でしかなかったのだ。

マギーは顎を上げ、手綱を引いてパドックをまわりはじめた。カリードはきっとあちらの世界で、もっと洗練された美人の手を引いているのよ。

左側で日差しが揺れ、何かの動きが目の端に映った。スタンドに新たな一団が到着したようだ。

その中央にいる男性を目にした瞬間、マギーの体はぐらりと傾いた。簡素な白いローブに身を包んではいるが、ひときわ高い身長とみごとな肩は、見間違えようがない。

まさか。

胃が締めつけられ、体じゅうに火が燃え広がった。

カリード。

本当に彼だとしたら、私に気づくかしら。それとも、気づかないふりをするの？

マギーは唇を噛《か》みしめた。そもそも私のことなんて、覚えているかどうか。女性経験は豊富なはずだもの。ほんの二時間ばかり彼の目に留まった私とは違う美人でグラマーな女性が、彼のまわりにはいくらでもいるに違いない。

続いてマギーは思い直した。いいえ、彼だってあの晩のことは覚えているはず。けっして日常的なことではないもの。ずぶ濡《ぬ》れになった不器用な娘を抱くなんて。

入場トンネルの方からどなり声と馬のいななきが聞こえ、マギーは我に返った。タリーが急に寄ってきたので、彼女は力いっぱい手綱を引いた。おびえた馬を押さえるには、ありったけの力で対応しなければならない。タリーはほどなく落ち着いた。

しかし同じ厩舎から連れてきたディーバは、そうはいかなかった。黒い馬は猛然とパドックに駆けこむなり、砂とおがくずを蹴《け》散らし、荒々しく頭を振り上げた。

だからディーバを新入りの厩務員にまかせることには反対したのに、とマギーは思った。ディーバは小心で落ち着きがなく、癇《かん》が強くて、慣れない者の手に負える馬ではない。なのにマネージャーが譲らなかったのだ。

マギーはすばやくスタンドの最前列へ向かい、タリーの手綱を現地のトレーナーに託した。トレーナーは驚いて見つめ返したが、マギーはかまわずに踵《きびす》を返し、勝手に走りまわっているもう一頭の馬を目指した。

新入りの厩務員はなんとか気を取り直したものの、身を硬くし、用心深く見守っている。ディーバは慣れない環境に引きずり出されて極度に緊張し、暴れまわっていた。パドックの端ではためくシルクの旗を見て、馬は白目をむいて頭を振り上げ、後ろ脚で地面を蹴って駆け出した。好奇心をかきたてられた観客が立ち上がり、スタンドで人の波が起こると、馬はさらに横方向に飛び跳ねた。

マギーは馬から片時も目を離すことなく、歩きつづけた。この馬の力は、いやというほど知っている。タラワンタの厩務員の中に、この馬に背を向ける者はいない。静かに声をかけながら、彼女はゆっくりと近づいた。

ディーバは耳を前後に動かし、聞き慣れたマギーの声を聞いている。それでも依然として落ち着きなく横に歩き、筋肉を引きつらせては、周囲のスタンドで何かが動くたびに、はじかれたように頭をもたげている。

そのとき威厳に満ちた声があたりに響き、アラビア語で何やら鋭く命じた。ありがたいことに、観客が静かに着席した。はためくローブの裾《すそ》に馬がおびえていることに、誰かが気づいてくれたのだろう。

マギーはようやく充分な距離まで近づいた。馬の目を見つめ、言葉をかけながら、手綱に手をのばす。指先が革ひもに触れた。彼女はそのひもを握ろうとした。

ところが馬はいきなり後ろ脚で立ち上がり、体の向きを変えて後ろ向きに迫ってきた。マギーは馬とスタンドにはさまれそうになり、急いで逃げた。だが次の瞬間、すさまじい痛みとともに、木の柵《さく》にたたきつけられた。

ディーバが横に飛びのいたすきに、マギーは頭を下げ、両手を膝に突っ張って、あえぐように息を継いだ。それからまっすぐに立ち上がり、ふたたび馬に向き直った。

マギーは馬の前方へまわり、手綱をつかもうと構えた。そして、問題がすでに解決ずみであることに気づいた。ディーバの横に誰かが立ち、手綱をしっかりと握っている。

おがくずと馬のにおいにまじって、別の香りが伝わってきた。白檀《びゃくだん》と、温かい男性の肌の香り。マギーはぴたりとその場に立ち止まった。ディーバが動き、その人物の姿が明らかになった。

「カリード！」

喜びが、すさまじい勢いでこみあげた。胸が早鐘を打ち、喉が締めつけられる。

頭にかぶった白い布に褐色の肌が美しく映える姿は、エキゾティックな夢物語そのものだ。手綱を握る手はいかにも馬を扱い慣れた感じで、ディーバはすでに落ち着いている。

明るい日差しの下で見るカリードは、記憶の中の彼より、さらに魅力的だった。みごとな体が暖炉の揺れる炎を映して金色に輝くさまを思い出し、マギーの体の奥が熱くなった。

「マギー」カリードはいきなり話しはじめた。「急に立つものではない。もうしばらく座っていたまえ」

彼はあの晩のことなど、なんとも思っていないんだわ。彼の頭にあるのは、いまのことだけ。ばつの悪さに体全体が熱くなるのを意識しつつも、マギーは毅然《きぜん》として背筋をのばした。

「これくらい、なんでもないわ」とっさに言い返す。

カリードは、黒い目でじっとこちらを見ている。何を考えているのだろう。あの晩のことを思い出しているのかしら。

「様子を見るまではわからない」

カリードの合図に応え、主任厩務員が現れた。カリードがアラビア語で何やら伝えると、主任はうなずいてディーバを連れていった。

「私はなんとも……」

カリードの温かい手が顔に触れ、マギーの言葉はとぎれた。彼の長い指がゆっくりと彼女の首をつたい、肩を撫《な》でた。

触れられた部分から、衝撃が波紋となって広がっていく。マギーは体を震わせ、息を吸いこんだ。一カ月前に生まれて初めて出会ったあの感覚に、またしても火がついた。彼が触れることにより、マギーの欲望は目を覚ますらしい。

「やめて。私は平気よ」

マギーが振りほどこうとすると、カリードはますます力をこめて彼女の腕をつかんだ。

「確認するまではわからない」彼女の埃《ほこり》まみれの服を見ながら、カリードは有無を言わさぬ口調で告げた。

「あなたはいつもそうやって、見知らぬ女性を助けるの？」マギーの声はかすれた。

カリードの唇がぴくりと動き、笑ったように見えた。それとも、顔をしかめただけだろうか。

「いや、君が初めてさ」

カリードにじっと目を見つめられ、マギーはたちまち口の中がからからになった。

マギーの意識は一瞬、オーストラリアに戻っていた。オーストラリアの、あの晩のベッドに。彼女の上に重なったカリードの、輝くばかりのみごとな体。きたるべき喜びを予感させる、ぬくもりのこもったまなざし。マギーの下腹部で、欲望が熱い蜜《みつ》となって渦を巻いた。

突然、マギーは周囲の音に気づいた。いまは二人きりではなかったんだわ。もう一度逃れようとすると、今度はカリードも邪魔しなかった。彼女はなぜか見放されたような気がした。

カリードの後ろに人だかりができている。心配と好奇心の入りまじった表情で、人々が成り行きを見守っているのだ。マギーの頬が赤くなった。

「なぜあなたがここにいるの？」彼女はカリードに注意を戻した。

彼は眉を上げた。「馬を見に来た」

もちろん、そうよ。カリードがここにいるのは、私とはなんの関係もない。彼はべつに、私といたいわけではないのだから。

カリードはじっと彼女を見ているが、その表情は読めない。「医師に診てもらおう」

「けっこうよ」マギーはパドックを見まわした。馬の姿は消えていた。「私がいないと、厩舎のスタッフが困るわ」

「陛下」人だかりの中から、ひとりの男性が進み出た。「医師のアジズが参りました」

マギーは顔をしかめた。陛下？

「お医者さまなんていらないわ。大げさよ」

「おとなしく診察を受けるんだ」彼女にだけ聞こえるよう、カリードは小声で告げた。「それとも、注目を浴びたいのか？」

カリードは挑むように一方の眉を上げた。マギーはあわてて首を振った。診察を受けることで好奇のまなざしを逃れられるなら、そのほうがましだ。

「それでいい。賢い選択だ」

カリードの顔を見つめながら、マギーははたと気づいた。あれだけのことを分かち合っていながら、私は彼について何も知らない。長いローブに身を包み、白い布で頭を覆った姿は、見るからに異国の人間だ。表情は読めないが、その態度は威厳に満ちている。そういえば見物人も、はやる好奇心を抑え、彼から数歩下がっている。

医師が現れたので、マギーの意識はそちらへ向いた。医師のアジズはまずカリードにおじぎをし、それから傷の具合を確認して、マギーについてくるよう指示した。この場から逃れられるのは、願ってもない。彼女にはこの騒ぎが腹立たしかったし、自分がいまだにカリードに触れてほしいと感じていることも、悔しかった。

運命に思いやりがあるならば、二度とカリードに会うことはないだろう。そうすれば、彼に対するこの気持ちも単なるショックの産物にすぎない、と自分に言い聞かせることができるはず。

カリードは応急処置室のドアの前で立ち止まった。側近たちをようやく振り払うことができて、彼はほっとしていた。パドックで、彼らが勘ぐるような目で見ていたのは知っている。彼らはファルークのやり方に慣れているのだ。亡き国王は自分のことしか頭になく、誰かのために骨を折るようなまねはしなかった。相手が使用人であれば、なおさらだ。

人々が噂《うわさ》する姿が浮かぶ。カリードと、オーストラリアからやってきた、美しく勇敢な女性厩務員のことを。

カリードはすでに、歴代の王とは違うとの評判を得ている。父や異母兄とは異なり、まじめで勤勉だ、と。だがいましがたの一件で、詮索《せんさく》好きな連中は、カリードもやはり歴代の王と同様に美しい女性には目がない、と考えているのではないだろうか。

勝手に想像させておけばいい。あのとき、万一介入が遅れていたら……。

マギーに迫る危険を目にしたとき、カリードの血は凍りついた。サラブレッドが落ち着くようにと、とりあえず観客に着席を命じ、事態を見守った。彼女の試みはうまくいくかに思われた。身の危険も顧みず、一片の迷いもなく立ち向かう姿に、彼は心から感動したのだ。

わざと時間をかせぎつつ、カリードは目の前のドアに手をのばした。

マギーと一夜をともにしてから一カ月。彼女がこの体に及ぼした影響は予想以上に強烈だった。記憶のほうが間違っているのだ、とカリードは思いこもうとした。あの鮮やかな官能の火花は想像の産物にすぎない、と。

彼女との間に続きが残っているかのような、この強烈な体の欲求は、おそらくマギー・ルイスがほかの女性と異なり、自分のほうから去っていったことによるのだろう、と。

カリード・ビン・シャリーフは拒絶されることに慣れていない。彼自身は現代の教育を受けたとはいえ、彼の先祖は代々傲慢《ごうまん》かつ強大な指導者であり、欲しいものは必ず手に入れてきた。

期待に血が騒ぐのを感じながら、カリードはドアをノックし、しばらく間を置いてから押し開けた。マギーは生まじめな表情で、椅子に座っていた。服は汚れてくたびれた感じだが、どういうわけか、カリードはひどくそそられた。上着の下に隠されたクリーム色のなめらかな肌と、つんと立ったピンク色の胸の頂を、容易に想像できるからだろうか。

思い出したいわけではなかった。それどころか、マギーと再会して何も感じなければ、そのほうが楽だったはずだ。だが彼女がパドックに登場し、凛《りん》とした横顔としなやかな体つきが目に留まったとき、欲望はたちまち息を吹き返した。スタンド中央の座席につく前に、カリードは思わず立ち止まってマギーを見つめていた。

「なぜあなたがここにいるの？」

口にしたとたん、マギーは後悔した。ひどく高慢に聞こえたに違いない。

どうしていつも、こういう不利な状況で会うのかしら。前回会ったときも最悪の状況だったけれど、いまも疲れて不機嫌なうえ、医師がなかなか戻らないのでいらいらしている。マギーは背筋をのばし、カリードが長い脚で悠然と近づいてくるさまを見守った。

「やあ、マギー。また会えてうれしいよ」

その声に皮肉は感じられないが、表情はどことなく険しい。マギーは椅子の縁を握りしめた。

「お久しぶりね、カリード」彼の名を口にしただけで、体の中で興奮が目を覚ます。それを否定するように、マギーは毅然として顎を上げた。

「医師はなんと言っている？」

「とくに何も。私はすぐ厩舎に戻るわ」マギーは肩をすくめたが、カリードがいぶかしげに見ているので、つけ加えた。「検査の結果を待っているのよ」このところ軽いめまいがすると話したら、さらに待たされるはめになったのだ。けれどこの一、二週間は目がまわるほど忙しかったから、めまいはきっとそのせいだ。

「どうして黙って出ていった？」カリードはいきなり尋ねた。

マギーは恐怖におののき、彼を見つめた。いったいなんと説明すればいいの？　彼は明らかに重要人物で、私たちの間に共通点は何もない。彼はただ、私がどん底の状態にあったときに哀れみをかけてくれただけ。あの晩のことは忘れたほうがいい。

マギーは肩に力をこめ、姿勢を正して、正面から彼を見つめ返した。

「とりたてて話すことがなかったからよ」

「君はあのときバージンだった。それでも話すことはなかった、と？」

静かな部屋で、マギーの息をのむ音が響いた。

「どうしてわかったの？」とっさに尋ねてから、彼女は自分をののしった。私の不器用な抱擁を目の当たりにすれば、経験がないことくらいすぐにわかるだろう。

カリードがさらに一歩踏み出した。彼の存在が、じりじりと肌に伝わってくる。二人の間で、いまにも火花が散りそうだ。

「初めてだと君の体が告げていた」

頬が赤くなるのを感じ、マギーは唇を噛みしめた。

「だから？」けんか腰に聞こえるだろうが、哀れっぽく聞こえるよりはましだ。

「君がなんともなかったか、僕が気にするとは思わなかったのか？」

「なんともないに決まっているでしょう。たかがセックスで」口にしながらも、マギーは頬がますます赤くなるのがわかった。

「たかがセックスか」カリードは唇を引き結び、彼女の意図を推し量ろうとするように、目を細めてじっと見つめた。続いてかぶりを振る。「あれが単なるセックスでなかったことは、お互いわかっているはずだ。マギー、君はいくつだ？」

　予期せぬ質問に不意を打たれ、マギーは反射的に答えた。

「二十三歳よ。どうして？」

「二十三歳で、バージンか」カリードは驚いたように眉を上げた。「いまどきにしては珍しい」

　もちろんあなたは、はるかに経験豊富でしょうね！　そう言いかけて、マギーは口をつぐんだ。こういう話題で争って、彼に勝てるわけがない。

「大事にしてきたのだろうに」

　低いささやきに、マギーの肌はざわめきたった。

「そうだとしても、かまわなかったのよ。私の思っていた相手は、私の信じていたような人ではなかったから」

　カリードと過ごしたあの晩のおかげで、マギーは少なくとも、あることを学んだ。結局のところ、自分はマーカスのことなどなんとも思っていなかったのだ、と。私は愛という概念にあこがれていたにすぎない。カリードと過ごした一夜のおかげで、幻想は一掃され、世間知らずでうぶなマギーは姿を消した。生まれ変わった私はこれまでよりもはるかに強くなった。愚かな夢想に惑わされたりはしない。

「では、もう愛していないんだね？」

　マギーはうなずき、窓の外の雲ひとつない青空を眺めた。「ええ。それどころか、たぶん最初から愛してなどいなかったんだと思うわ」

　ドアの開く音に気づいて、マギーは振り返った。よかった、お医者さまだわ。これで少なくとも、個人的な質問は終わるでしょう。私もカリードの目を見ようという気は起こらなくなるに違いない。しっとりした黒い目を見るたびに、身も心も吸いこまれそうな感覚にとらわれる。

「陛下！」部屋に足を踏み入れたとたん、医師のアジズはぴたりと立ち止まった。「あとにしたほうがよろしいでしょうか？」

「いや」カリードは医師を中へ促した。「彼女も早く結果を知りたいだろうし」

マギーは不思議に思った。どうしてみんな、そんなにかしこまった態度をとるのかしら。質問が出かかったが、カリードを引きとめることになってはいけないと思い、口にしなかった。

「それもそうです」

アジズはマギーの方に近づいてきた。医師のまじめな表情に気づいて、彼女は背筋をのばした。体に問題があるとは思えない。私はいたって健康だ。けれど医師の眉間《みけん》に寄ったかすかなしわが、マギーの不安を刺激した。

「何か問題があったんですか？」

「いいえ」アジズはきっぱりと否定した。「悪いことではありません」それでも彼は明らかに落ち着かない様子で、そばに立っているカリードを振り返った。

「席をはずそう」カリードはただちに言った。

「行かないで！」

カリードとアジズに驚きをこめて見つめられ、マギーは唇を噛みしめた。彼女はけっして臆病《おくびょう》者ではない。これまでどんな問題にも正面から向き合ってきた。けれどももしこれから聞かされるのが悪い知らせなら、カリードにもそばにいてほしい。マギーは強くそう感じた。だって彼は、慣れない異国でたったひとりの知り合いなんですもの。ついいましがたまで彼から逃れたがっていた事実には目をつぶり、彼女は自分に言い訳した。

「あなたもいてちょうだい」笑みに見えることを祈

りつつ、マギーは唇の端を上に向けた。

アジズはいよいよ、そわそわしはじめた。彼はカリードをちらりと見て、すぐに視線をそらした。マギーは不吉な予感にとらわれた。父が癌《がん》を宣告されたときのことを思い出す。その癌が最終的に父をどれほど容赦なくむしばんだかも。

「大丈夫です」マギーは医師に請け合った。話の内容がなんであれ、やきもきしながら待つよりは、いますぐ知ったほうがいい。「話してください」

アジズはうなずき、咳《せき》払いした。「あなたはいたって健康です、ミズ・ルイス。何箇所かの打ち身以外、なんの問題もありません。ただ……」

医師の言葉がとぎれ、マギーは血の気が引くのを感じた。

「あなたはご自身の妊娠にお気づきですか？」

5

「でも私は……まさか」マギーは喉をごくりとさせた。その顔はショックに張りつめている。「本当に、間違いないんですか？」

カリードは、医師のアジズをよく知っている。間違いのあるはずはなかった。アジズがそう言うのなら、マギー・ルイスは妊娠しているのだ。

僕の子を。

カリードは胸を大きくえぐられるような感覚に襲われた。

「間違いありません、ミズ・ルイス。検査の結果、陽性反応が出ています。おめでとうございます」

医師の声が遠のき、カリードの耳元で脈がわんわんと鳴り出した。

妊娠だって？　まったく予想していなかった。八年前に人生を引き裂かれて以来、僕は心のむなしさに向き合うよりはと、厳しく困難なプロジェクトに専念してきた。女性に慰めを求めるにしても、状況が複雑にならないよう、一時的な関係にとどめるようにしてきた。

なのに、子供とは。複雑以外の何物でもない。子供といえば、家庭だ。それに、愛情。

カリードの顎に力がこもった。同じ道は二度と歩むまいと誓ったものを。誰かと感情的なかかわり合いを持つことは、ずっと避けてきたというのに。

カリードはマギーに目を向けた。椅子を握りしめる手に力がこもり、関節が白くなっている。目は輝いているが、顔はひどく青ざめ、ショックがありありとうかがえる。彼女には支える人間が必要だ。僕が支えてやらなくては。

カリードはシンクへ向かい、グラスに水をついだ。

「さあ、飲んで」

マギーが気づくまでには、一瞬の間があった。グラスを受け取る手が震えている。彼女を守りたいという衝動が、大きな波となってカリードの胸に押し寄せた。

妊娠。

後悔の念が彼の胸を突き刺した。それともこれは、後ろめたさだろうか。シャヒーナはずっと子供を欲しがっていた。にもかかわらず、子供は一生望めないという告知を、彼女は耐え忍んで聞いていた。その姿に、僕は胸のつぶれる思いがしたものだ。

そうした苦い思い出がある一方で、カリードの体の奥では、満足感がめばえつつあった。マギーの子宮の中で、僕の種が育っている。僕の子供が。

「だって、ちゃんと避妊したんです」マギーは訴えた。

アジズはかぶりを振った。「百パーセント確実な避妊方法など、この世に存在しないのですよ、ミズ・ルイス。我々がどのような手段を講じようと、自然は自然のやり方で、目的を達成するものです」

カリードはあの晩の出来事が妊娠に至る確率について考えてみた。体を重ねたのは一度きりだし、彼のほうで避妊具もきちんと使った。そして、マギーにとっては初めての経験だった。彼女の不器用な愛《あい》撫《ぶ》とバージンの体はきわめて刺激的で、カリードは危うく自分が先に果ててしまうところだった。本当はもっと何度も愛を交わしたかったが、マギーは初めてなのだからと自分に言い聞かせ、なんとか我慢したのだ。

この子はよほど生まれたがっているのだろう、とカリードは思った。母親の不屈の精神を受け継いでいるに違いない。

カリードはマギーに目を向けた。華奢《きゃしゃ》な体がこわばっている。むろん、とまどいは彼にもある。だがそれ以上にこの妊娠が正しいことに感じられ、受け入れようという気持ちになっていた。

僕はこの子が欲しい。

「いまはとにかく、ゆっくり休養されることです。赤ちゃんは無事ですから。妊娠中のケアについては、のちほど話し合いましょう」アジズはにっこり笑った。

「妊娠中のケア？」マギーはとまどいを隠せなかった。

「もちろんです。とりわけ食事に関しては、話し合いが必要です」

「でもこの国には、馬が落ち着くまで、ほんのしばらくいるだけなのに」

医師はマギーからカリードへ、視線を移した。二人の関係を読み取ろうとしているのだろう、とカリードは思った。カリードがここにいること自体が異例だ。どんなに気のきかない人間でも、マギーが彼にとって特別な存在であることは、わかるに違いない。

カリードは彼女の前に進み出た。「話の続きは明日にするといい。それまでには、君の質問もまとまっているだろう。滞在期間については、どうやら行き違いがあったようだ。君にはもっと長くいてもらう予定だからね」

「でもビザが……」

「大丈夫。新しいビザを用意する」

マギーはドアへ向かう二人の男性を見守った。アラビア語で話しているので、何か重要なことを聞き逃しているような気がしてならない。それとも、そんなふうに感じるのは単にショックのせいかしら。

妊娠。

マギーはカリードがついでくれた水を飲み、考えをまとめようと試みた。とても信じられない。子供を産むなんて、はるか先のことだと思っていた。

パニック状態に陥り、マギーは息苦しさに襲われた。いったいどうすればいいの？　赤ちゃんのことなんて、何もわからないのに。妹が生まれたときには、私自身も幼かった。身のまわりに小さな子供はひとりもいない。それどころか、私は普通の家庭がどんなものかさえわからない。

お金の問題もある。大学進学は先にのばすしかない。

しかし数々の難題にもかかわらず、マギーはおなかの子供をなんとしても産みたいと感じていた。すでに最初のショックより、わくわくする気持ちのほうが強くなりつつある。どうすればいいのか見当もつかないが、考えるのはあとからでもかまわない。

生活を切りつめて一生懸命働きながら、勉強もすればいい。とりたてて目新しいことではない。そして月が満ちれば、かわいい赤ちゃんが生まれるのよ。愛し、慈しむべき、私の家族が。

グラスを持ち上げたマギーの口元には、笑みが浮かんでいた。非常識かもしれないが、彼女の心ははずんでいた。

「子供のことを、喜んでいるのか？」

カリードが戻り、彼女の思考は中断された。

「なんだか圧倒されて」マギーはつぶやくように答え、彼の目を見た。私たちの赤ちゃんも、こういう目をしているのかしら。美しい漆黒の目を。彼女の脈が速くなる。私たちの赤ちゃん。とても信じられない。

カリードがあまりにじっと見ているので、マギーは身震いした。彼は何を考えているのだろう。その表情はぴくりとも動かない。

「もしかして……つき合っている人がいるの？」マギーはとっさに尋ねた。結婚はしていなくても、決まった相手がいるかもしれない。「恋人とか、婚約者とか？」

「いや」カリードはぞんざいに答えた。「以前は妻がいたが、いまはいない」

以前は妻がいた。

マギーは彼を見上げた。その顔はいま、人を寄せつけない傲慢《ごうまん》な表情に変わり、はっきりと不快感を示している。

前の奥さんのことは話したくないのだ、とマギーは思った。そこまで嫌うなんて、その人はいったい何をしたのかしら。

「なぜそんなことを？」カリードの表情は依然として冷たい。「僕に結婚でも申しこむのかい？」

「まさか！」マギーはショックに息をのんだ。「私はただトラブルを避けたいだけよ」それからふと考え直した。「でもまあ、かまわないわ。黙っていればすむことですもの」

カリードはたちまち恐ろしげな表情になった。

「どういう意味だ？　子供を堕《お》ろすつもりか？」

響き渡る声と怒りのすさまじさに、マギーは思わず体を引き、相手の目を見たままグラスを置いた。彼の手は大きな拳《こぶし》に丸められ、顎には力がこもり、岩のようだ。彼女は立ち上がり、体の前で腕を組んだ。

「違うわ」マギーは激しく首を振った。「どうしてそんなことを口にできるの？」

カリードはいまもじっと彼女を見ている。ふくらんだ小鼻と浮き出た首の筋が、張りつめた感情を物語っている。

「君がどういう女性なのか、僕は知らない」長い沈黙のすえに、カリードは言った。

「信じていいわ。何があっても、私はこの子をあきらめませんから」マギーはおなかをかばうように、片手で覆った。いきなり突きつけられた事実もさることながら、これほど強く我が子を守りたいと感じている自分に驚く。おなかの子を守るためなら、私はどんなことも厭《いと》わないだろう。

カリードは依然として、険しい表情で彼女を見ている。マギーは顎を突き出した。彼に私を裁く権利はないはずだ。

「本当よ。私はこの子を産むわ」

本当は〝私たちの子〟を、と言いたかった。けれどそんなふうに非難の目を向けられては、とても言えるはずがない。彼は本当に、私を夢の国に連れていってくれた、あの優しく情熱的な男性と同じ人なの？

「なぜだ？」

まるで尋問のような口調。私の主張には、あくまでも耳を貸さないつもりなのだ。

「それは……」なんと説明すればいいのだろう。自分でも答えなどわからないのに。わかっているのは、この子が私の一部で、この子を守るためなら私はどんなことでもするだろう、ということだけだ。「この世には、不要な子供などひとりもいないと信じているからよ。すべての子供は誰かに望まれ……愛されるべきだわ」私は人生の大半を、誰にも愛されずに過ごした。父が私を育てたのは、親の義務でしかたがなかったから。誰にもそんな思いはさせたくない。

　私の子供は無条件に愛されて育つのよ。

「この子は間違いなく、私が愛情を持って大事に育てるわ」

「君にその責任はない」

「なんですって？」マギーは勢いよく振り返り、彼の視線をとらえた。必要なら、闘う覚悟はできている。

「その子は、僕たちの子供だ」

　僕たちの？　カリードと私の？　ほっとすると同時に、マギーの肩から力が抜けた。彼女は一瞬、自分は我が子を育てるのにふさわしくないと言われたのかと思ったのだ。

「あなたもこの子の養育にかかわりたいということなの？」

「僕たちの子供だ。当然、僕も関与する」

　カリードは一語一語を強調した。その傲慢な態度は、マギーにはうらやましいほどだった。

　しかし、マギーは首を横に振った。オーストラリアとシャジェハールに別れていては、きっと利点よりも弊害のほうが大きい。

「父親としての僕の権利を否定するのか？」

　カリードは一歩踏み出し、マギーの前に立ちはだかった。彼の体から発散される熱が、彼女を包みこんだ。彼の香りがマギーの領域を侵し、理性的に考えようとする力を奪った。いつの間にか彼女の意識はベッドの中にあり、白檀《びゃくだん》と男性の汗の香りが鼻をくすぐった。

マギーは目を閉じ、ふくれ上がる記憶を抑えようと努めた。こんなに近くに立たれては、まともにものが考えられない。

「きっとうまくいかないわ」マギーは小声で答えた。「とても無理よ」

温かい指が触れ、彼女の顔を上に向けた。はっと目を開けると、そこにカリードの目があった。その目は熱を帯び、輝いている。マギーは、彼の目の中で燃えている、得体の知れない別の感情に気づいた。一瞬、愚かな希望が頭をもたげる。もしかして彼は、私に同情以上の何かを感じているのかしら。ああ、本当にそうなら。

「この世に不可能なことなどない」

二人の間で火花が散り、周囲の空気が焦げついた。一カ月前と同じだ。彼がそんなふうに語るのを聞き、そんな目で見つめられると、きっと何もかもうまくいくと信じてしまいそうになる。

「そんな簡単にはいかないわ」マギーは言い張った。

「僕に親としての責任を引き受けさせまいとする理由を説明してもらおうか」カリードは胸の前で腕を組んだ。その動きは彼の身体的な強さを強調するとともに、恐ろしげな雰囲気を醸し出した。「僕が外国人だからか？」

マギーは激しくかぶりを振った。「そんなことは関係ないわ。ただ……」私たちには天と地の開きがあるのだと、どうやって説明すればいいの？　経済的にはもちろん、地位という点でも、経験や将来性という面でも。そんなことを口にすれば、本当は否定してもらいたがっているように聞こえてしまうかもしれない。「あなたはこの国にいて、私はオーストラリアで……」

「必ずしもそうとは限らない」

「え？」

「別々に暮らさなければならないわけではない。子供のためにも、ここで一緒に暮らすほうが賢明ではないかな」

「一緒に？」驚きのあまり、声が大きくなる。マギーはあわてて自分を戒めた。違うわ。彼が〝一緒に〟と言ったのは、個人的な意味ではないのよ。

それでも、速くなった動悸《どうき》がもとに戻るまでには、かなりの時間がかかった。

「無理よ。私だって自分の家に帰らなくちゃならないもの」

「説得してみようか？」

カリードは問うように一方の眉を上げ、唇の一方の端だけで、かすかに笑った。マギーの体の奥で熱いものがうずき出し、思考力を奪った。どうしてこうなってしまうのかしら。

「私はオーストラリアに帰るわ」

「本当に、それが僕たちの子供にとっていちばんの方法だと思うのか？　母親はオーストラリアで、父親はシャジェハールで暮らすことが？」

カリードに穏やかに問われ、マギーの中で怒りが頭をもたげた。突然の成り行きに私のほうはいまもショックが冷めやらないというのに、自分はあっさり受け入れたというわけね。

「子供のために何がいちばんか、あなたは知っていると言いたいの？　自分はいきなり専門家になって、すべての答えがわかったとでも？」

「そんなつもりはないよ、マギー」カリードの声は、あくまでも穏やかだ。「僕はただ、子供には両方の親に愛される機会を与えるべきだ、と言っているだけだ」

その言葉はマギーの怒りを突き抜け、心の奥のひそかな恐れに達した。私自身は、親の愛の何を知っているというのかしら。ほとんど経験したこともないのに。

　一瞬、マギーはパニック状態に陥った。子供のころに親の愛情が不足していたために、自分もまともな親になれないということはあるだろうか。

　マギーは大きく息を吸い、乱れた呼吸を整えた。大丈夫、そんなことはあるものですか。親に顧みられなかったぶん、自分はいい母親になろうと努力するはずだ。

「マギー？　どうかしたのか？」

　カリードが心配そうに見守っている。マギーは急に息苦しさをおぼえた。これ以上この小さな部屋で彼の圧倒的な存在感と向き合うのは、耐えられない。

「続きは、あとで話しましょう」マギーは唐突に申し出た。「とりあえず、厩舎《きゅうしゃ》に戻らなくちゃ」彼女は一歩、横に踏み出した。狭い診察室とカリードの詮索《せんさく》の目から、一刻も早く逃れたかった。話の続きは、もっと気持ちが落ち着いてからでもかまわないはずだ。

　しかしカリードは動かなかった。力のこもった顎は、彼がどこへも行く気のないことを告げている。

「ねえ」マギーは顔を上げ、ひるむまいと目を合わせた。「べつに、あなたを避けようというわけじゃないわ。この件は、あとでじっくり話し合ったほうがいいと思わない？　もっとプライベートな場所で。誰にも邪魔される心配のないところで」

　それまでに今回の一件を冷静に考え、自分の意見をまとめればいい。

「早く仕事に戻らないと、ボスに怒られるわ。こんなに長くかかってしまって。本人が連れ戻しに来ないのが不思議なくらいよ。こういう大事な話を邪魔されたくないでしょう？」

　それでもカリードが黙って見ているだけなので、マギーは不安になった。ずいぶんたってから、彼はようやくうなずいた。

「そうだな。確かに、こういう会話にふさわしい場所ではない。とはいえ、邪魔が入る心配はない。ここには誰も入ってこない」

「あなたはボスを知らないから……」

マギーは言葉を失った。カリードの唇がうっとりするほどセクシーな曲線を描き、彼の顔にゆっくりと笑みが広がった。マギーの耳元で脈打つ音が鳴り響き、全身の神経が敏感になった。

「どうやら君は、最近のニュースを知らないようだな。僕が誰だか、わかっていないんだろう」

「あなたはカリード。この国の公使でしょう？」

カリードはうなずいた。「そう、確かに公使だった。だが、立場は変わった。一カ月前に、僕はシャジェハールの国王になったんだよ。君を大切な客として、僕の宮殿に迎える。僕の国にね」

庭に設けられた美しいあずまやで、マギーは静かに座っていた。カリードは飲み物を運んできた使用人に礼を述べたあと、引きつづき、高価なスーツに身を包んだ男性と話している。その男性は重要なニュースを運んできたようだ。

こうして息をつけることが、マギーにはむしろありがたかった。カリードの身分を知ってからというもの、いまもショックが冷めやらない。いまだに完全には信じられない気がする。

それでも彼を見ていると、どうして気づかなかったのかとも思う。彼の顔立ちは、おとぎばなしに出てくる王子さまそのものだ。りりしく、堂々として、気品が備わっている。いいえ、それ以上だわ。彼に漂う威厳も、絶対的な権力も、見落としようがない。

スタンドで、壮麗な中央の席に座るところを見たはずなのに。医師に〝陛下〟と呼ばれるのも、聞いたはずなのに。

一カ月前に呆然《ぼうぜん》自失の状態にあった私を気遣い、嵐《あらし》のように激しく抱いてくれた彼が国王。パドックに飛びこみ、ディーバを押さえてくれた彼が、シャジェハールの王さまだなんて。

「すまない、マギー。大臣が来て、緊急の用件だったから」

「いいのよ」とはいえ、実際にはマギーは何もわかっていなかった。大臣の仕事がどういうものかも、ましてや、国王の仕事がどういうものかも。まわりのすべてが、自分が場違いな存在であることを強調しているように思われてならない。贅沢《ぜいたく》なあずまやも、シルクの布で覆われた低い長椅子も、精巧な壁画も、遠くの山々を望む息をのむような風景も。

　マギーはシャジェハールの前国王を見たことはない。だが、その富と権力は伝説と化していた。噂《うわさ》によると、前国王は銀のロールスロイスを持っていたという。銀色のロールスロイスではなく、銀でできたロールスロイスだ。プライベートな週末を楽しむために贅沢なリゾート施設を丸ごと買い上げた、という話も聞いた。そして何より、彼は絶対君主で、ここシャジェハールでは、彼の言葉がそのまま法律と受けとめられるのだ、と。

　いまはカリードが、その立場にある。

　そういう人物が、私の子供の父親なんだわ。想像を絶する富と権力を持ち、欲しいものがあれば、なんでも買うことのできる人物が。

　ふいに恐怖が駆け抜けた。彼がその気になったら、私からこの子を奪うこともできるのだろうか。

「この子は絶対に手放さないわ」考える間もなく、言葉が飛び出していた。

　カリードは、お茶のグラスを渡そうとしていた手を止め、眉を上げた。「誰もそうしろとは言っていないよ、マギー」

　彼女は安堵《あんど》の念に包まれた。母なしで育った苦しみは、けっして我が子には味わわせたくない。一生つきまとう喪失感。愛と笑いを失った悲しみ。母がいなくなったのは自分のせいではなかったかという疑念。私はあまりに多くを奪われた。母がいなかったために、希望や不安を打ち明けることも、少女から大人へと成長するときに正しく導いてもらうことも、できなかった。

「それなら、いいのよ」私は謝ったりしないわ。「最初にはっきりさせておいたほうがいいと思ったの」

　カリードはうなずいた。「君も、僕がその子から離れるつもりのないことは、理解しておいたほうがいい。さあ」彼はグラスをマギーの手に押し当てた。「飲むといい。気分がよくなる」

　マギーは、嗅《か》ぎ覚えのある甘いお茶の香りを吸いこんだ。シャジェハール式ね。カリードが前に、ショックに効くと話していた。ほっとする思いでお茶を飲みながら、なんとなく視線を感じて顔を上げると、カリードがじっとこちらを見ていた。

「怖がる必要はない。僕はれっきとした文明社会の人間だ」

「文明社会の人間で、一国を治め、世界最高の弁護士を雇える身だわ」マギーは唇を噛《か》み、それ以上自分を追いつめる前に口をつぐんだ。

「僕はそういうやり方はしない」その目には一瞬怒りが宿ったが、カリードはすぐに顔をそむけ、遠くの風景を見やった。

　マギーは申し訳なく感じたものの、確認しないわけにはいかなかったのだ。

「僕はべつに、なりたくて国王になったわけではない。異母兄に息子がいなかったので、引き受けるしかなかっただけだ」

「お兄さまは、お気の毒だったわね」

　カリードがうなずくのを見たマギーは、少し間を置いて次の言葉を探した。

「あなたの口ぶりからすると、新しい地位はあまり気に入っていないのかしら」

「責任を放棄するつもりはない」カリードは静かに語った。「するべきことは山ほどある。かつて僕の一族は、真の指導者として民を守る存在だった。ところが……」彼の表情が厳しくなる。「石油が発見されてからというもの、国の富を浪費することしか考えなくなった。長年の怠慢を償うのは、僕の使命だ。あちこちに生じた弊害を修復するのは、一生をかけての仕事になるだろう」

マギーはようやく理解した。カリードは名誉を重んじ、使命に生きる人なのだ。「あなたはこの子のことも、自分の責任だと考えているのね。自分の義務だ、と」彼女はおなかに手を当てた。

「君のおなかにいる新しい命を育てるのは、僕たち二人の責任だ」

体の内側に熱いものが広がっていくのを感じて、マギーは口元にかすかな笑みを浮かべた。妊娠のことを思うと、いまさらのように感動をおぼえずにはいられない。

「だから僕たちは、子供の将来のためにいちばんいい方法を考えなくては」

カリードの口調に警戒心を呼び覚まされ、マギーは顔を上げた。半ば伏せられた彼の目はわずかに熱を帯び、見たことのない輝きを放っている。

「方法は明らかだ」

「そうかしら」マギーの胸は大きく打ち、神経が一気に張りつめた。胸の中で、不安に似た何かが頭をもたげる。

「もちろんだ」カリードは満足そうな笑みを浮かべた。「なるべく早い時期に結婚しよう」

6

　マギーの反応は、カリードも予想していた。驚きと、それに続く沈黙。彼女の世界では、人々はたいてい愛のために結婚する。子供が生まれるのは、そのあとだ。

　とはいえ、その目に広がる恐怖はなんだ。ほんの一カ月前に彼女のほうから身を差し出したときには、そこまで僕を嫌悪してはいなかったはずだ。僕からプロポーズの言葉を引き出すために、あの手この手で言い寄ってくる女性はいくらでもいるというのに。

「そんな……。本気なの？」マギーの声はかすれていた。

　カリードはこみあげる怒りを抑えつけた。「いちばん理にかなった方法だ」

「いちばん理にかなった方法ね」マギーの口元がゆがんだ。

「いいかい、マギー。僕たちが結婚すれば、僕たちの子供は遠く離れた両親の間で引き裂かれずに、愛情いっぱいに育つことができるんだ」

　マギーの目に散ったグリーンの斑点《はんてん》が、かげりを帯びた。

「君も父親だけに育てられ、あまり幸せではなかったんだろう？　僕たちが二人で子供の面倒を見られたら、そのほうがはるかにいいと思わないか？」

　マギーが唇を噛《か》む姿を目にし、カリードは勝利の手応《ごた》えを感じた。同時に、欲望が頭をもたげる。

「僕も同じだったと話しただろう？　僕の父も、立派な親とは言えなかった。だが僕たちが一緒になれば、せめて子供には、もっと家庭らしい家庭を与えることができる」

「でも、うまくいくという保証はないわ。結婚して、そのあと別れたらどうなるの？　子供は立ち直れないかもしれないわ」

　カリードはマギーの手を取り、親指でそっと撫《な》でた。なんと華奢《きゃしゃ》な手だろう。それでいて、彼女はなんと強いことか。マギーは手を振りほどこうとはしない。彼は自分の勝利と受けとめた。

「約束するよ、マギー。僕は子供のために、愛情に満ちた温かい家庭を築くよう努力する。恋愛結婚ではないぶん、かえって感情に翻弄《ほんろう》されることもないだろう。恋人同士のように傷つけ合うこともないはずだ」

　考えれば考えるほど、カリードには完璧《かんぺき》な解決策に思われた。だがマギーの目には、いまも疑念が浮かんでいる。

「あなたがほかの誰かを好きになったら？」彼女はかぶりを振った。「だめよ。結婚なんて、悲惨な結果を招くだけだわ」

　マギーは自分がほかの誰かを好きになるかもしれないとは思わないのだろうか。カリードはふと気になった。

「大丈夫。僕はそんなうわついた人間ではない」彼は静かに答え、口元に力をこめた。僕の心は厳重に守られている。二度とその扉を開くつもりはない。

　マギーはなおも食い下がった。「どうして結婚にこだわるの？　正式な跡継ぎが欲しいから？」

「僕たちの子供に両親のいる安心感と僕の保護を与えるのが、間違っているとでもいうのか？」カリードは怒りをおぼえ、背筋をのばした。これが最善の方法だというのが、マギーにはわからないのか？　このプロポーズに恥ずべきところは何もないはずだ。

「もちろん、間違ってなどいないわ」マギーはゆっくりと言った。

「それならいい。僕は自分の子を非嫡出子にするつもりはない」

　非嫡出子の意味するところを、カリードはいやというほど知っている。伯父のフセインはカリードの祖父と踊り子との間に生まれた。非嫡出子の伯父は国王になることはなかった。正直でまじめで勤勉な伯父は、すばらしい王になったはずなのに。王位を継いだのは、嫡出子で無能な異母弟、すなわちカリードの父だった。浅はかな父は己の欲を追うことしか眼中になく、結果としてシャジェハールはその後何年も苦しむことになった。

「なるほど、跡継ぎが欲しいのね」マギーの声には、非難がにじんでいた。

　カリードは肩をすくめた。「僕に子供がなければ、王位は一族の誰かが継承する。だが実際問題として、子供はすでにいる。というより、生まれてくるんだ」彼はマギーのおなかをちらりと見た。その瞬間、激しいショックが彼の体を貫いた。僕の子供が育つにつれ、そのおなかがどんどん大きくなっていくのだろうか。

　衝動が、すさまじい勢いでこみあげる。この子は僕の子だ。そして本人は気づいていないかもしれないが、マギー・ルイスは僕のものだ。互いに引きつけ合う力は否定しようがない。

　カリードは改めてマギーの様子を観察した。お茶のグラスを握る手にひどく力がこもり、かたくなな態度をくずさない。しかし、いまの彼女に必要なのは優しさだ。マギーの世界は痛みに彩られている。その目にはいまも、医師の告知がもたらしたショックがありありと浮かんでいる。

　カリードは心の中で、自分の性急なやり方を呪《のろ》った。おそらく僕はもっとゆったり構え、彼女が妊娠について充分に考えられるだけの時間を与えるべきなのだろう。

　妊娠について。僕の子供について。

カリードはマギーのそばに寄り、彼女の手からグラスを取り上げた。「おいで、マギー。このことはまたあとで話そう。きょうはもう休むといい」

マギーは汗と埃《ほこり》にまみれ、疲れていた。妊娠のことを考えると、いまも驚きを禁じ得ない。私が母親になるなんて。喜びととまどいが胸の内でせめぎ合っている。

今朝、厩舎《きゅうしゃ》に来てみると、マギーには簡単な仕事しか用意されていなかった。一日じゅう好奇の視線にさらされながら単調な仕事を続けて、平気でいられるわけがない。彼女の一挙一動が、人々の注目と評価と憶測の対象になった。

「いらっしゃい、タリー」マギーは牝馬《ひんば》を連れて囲い地を横切り、馬用のプールへ向かった。タリーは耳を前に倒し、水のにおいを嗅《か》ぎつけて鼻をふくらませた。

「マギー！」

命令口調で呼びとめられ、彼女はぴたりと立ち止まった。

ゆっくり振り返ると、アーチ型の門のところにカリードが立っていた。昼下がりの日差しを受けて、長いローブが金色に輝いている。そのせいで、広い肩と背の高さ、息も止まりそうなほど端整な顔が、ますます強調されて見えた。

マギーの体の奥で、期待と興奮の火花が散った。彼が怒っているという事実も関係なかった。それどころか、表情の険しさゆえにますます力と威厳が感じられる。

「あら、カリード」気まずいことに、声がかすれた。また呼び出されるのは覚悟していたが、まさか本人が来るとは思わなかった。

「会いに来るよう頼んだはずだが」

カリードは目を細くして、彼女の全身をざっと眺めた。彼の視線のたどった跡が、たちまち熱くほてり出す。マギーは気にしていないふりを装った。

「そう？　それは変ね。私が受け取ったメッセージは、頼むというより、国王の命令にしか聞こえなかったけれど」

　マギーはありったけの勇気をかき集め、彼と目を合わせた。二十分前に呼び出しに応じなかったつけを支払わされるに違いない。

「にもかかわらず、来なかったわけだ」

　声は冷静に聞こえたが、カリードがそばに来て立ち止まると、間違いなく怒りが伝わってきた。こんなに近くに立たれたのでは、とても平気ではいられない。

　マギーの動揺をタリーも感じたのだろう。馬は勝手にプールの方へ歩き出した。彼女は手綱を握る手に力をこめた。

「私はあなたの臣下ではないもの。命令に従ういわれはないわ」

　カリードの動きがぴたりと止まった。つまり、皮肉はきいたのだろう。

「だが、僕に雇われている身だ」しばしの沈黙ののち、彼は低い声で指摘した。「それでも、従ういわれはないのかな？」

　マギーは目をしばたたいた。プライベートな問題なのに、そういう立場を利用するというの？

「申し訳ございません。仕事の話だとは気づきませんでした」言いながらマギーは、自分で自分の言葉にむせそうになった。

　カリードは凝りをほぐすかのように、自分の首をもんだ。「すまない、マギー。いまの発言は取り消すよ」

　カリードの気まずそうな様子を見ているうちに、マギーの胸に同情がこみあげた。やっぱり彼も不安なのだろうか。

「わかったわ。これがすんだら行くつもりだったのよ。仕事はきちんとしたいから」

「僕たちのことはきちんとしなくていいとでも？」

どうやら彼は、相手が素直に従わないことに慣れていないらしい。マギーは姿勢を正した。

「急ぎだとは気づかなかったわ。丸一日、連絡もなかったし」

「そうか」

それきりカリードがずっと黙っているので、マギーは彼が何も言わないつもりかと思った。

「その点も、すまなかった。隣国の代表と、貿易と地域のインフラをめぐる多角協定について話し合っていたんだ」

深みのある静かな声を聞いて、マギーは心もち肩の力が抜けていくのを感じた。

「もっと早くに会いたかったんだが、会議の日程は数カ月前から決まっていて」

マギーにとって、自分がこれほど小さくつまらない存在に思えたことはなかった。もちろんカリードには、正当な理由があったのだろう。彼の関心が足りないからと腹を立てるのはばかげている。

「タリーを水に入れてきてもかまわないかしら」マギーは出し抜けに尋ね、細長いプールの方を示した。「タリーは泳ぐのが好きなの」

「それがすんだら、きょうの仕事は終わりだね」

確認というより、命令だった。たとえマギーが終わりと言わなくても、彼はやめさせるつもりだろう。

「一緒に歩こう」

マギーは馬を振り返り、水の中へ促した。タリーは斜面を下り、地面に掘られた細長いプールに入ると、まもなく力強い蹴《け》りで泳ぎ出した。マギーは自分もプールに沿って歩きはじめた。

「結婚するのがいちばんだ。君もわかっているはずだが」

なんの前置きも、なんのためらいもない。カリードはいつも、こんなに自信たっぷりなのかしら。

　自分の提案がどんなに突拍子もないことか、わからないの？　厩舎で働く私が、この国の国王である彼と結婚するなんて。まるで当たり前のことのように言うけれど。

「私には、そうは思えないわ」マギーは馬の方を向いたまま、小さく答えた。

「厩舎の今後について、マネージャーからはまだ何も聞いていないんだろうね」

　マギーははじかれたように振り返った。カリードは思ったよりも近くにいた。暗い目をしている。

「今後って？」不安が背筋を駆け抜ける。

「タラワンタ厩舎は、処分するつもりだ。この国にはするべきことが山積みだというのに、そういう贅《ぜい》沢《たく》に手を染める気にはなれない。つまり……」カリードは言葉を止め、用心深く彼女の様子をうかがった。「君は職を失うことになる。新しいオーナーは君を必要とするかもしれないし、自前のスタッフを連れてくるかもしれない」

　先へ進もうとするタリーに腕を引かれ、マギーは牝馬に意識を集中させようと努めた。しかし頭の中では、たったいま聞いた話がぐるぐるとまわっている。子供を育てていくには仕事が必要なのに。いい勤め口なんてめったにないし、ほかにできる仕事もない。

　まさか、私を追いつめるために？

「厩舎も含め、ファルークの道楽にまつわる財産を処分しようと決めたのは、君と出会うずっと前だ」

　マギーは疑念を見透かされたような気がした。

「でも、子供を育てるには安定した仕事が必要だわ。お金をためて、ゆくゆくは獣医になるための勉強をしたいの」自分で口にしながらも、それはあまりに非現実的な遠い夢に思われた。いまはとにかく、子供の世話をいちばんに考えなくてはならない。

「シャジェハールにもいい大学はある。獣医学なら、得意分野のひとつだ」

　私がそこで学べるとでも？　この国の言葉すら話せないのに。マギーは苦々しく唇を引き結んだ。

「つまり、新しい職を探すのは大変だから、ここにとどまるべきだと言いたいの？」声にとげがこもるのを、彼女は自分でもどうしようもなかった。カリードのせいで世界がすっかり傾いてしまった。まるで不安の海を漂っているみたいだ。

　マギーは馬を急《せ》かした。できれば先に歩いて、ひとりでゆっくり考えたい。けれどもはや、ひとりでいるのはかなわぬ贅沢。私の望みには関係なく、カリードは私の将来にかかわる気でいる。

　いいえ、私のではなく子供の将来よ。マギーは頭の中で訂正した。とはいえ、私と子供は切っても切れない関係にある。彼女はふいに狭いところにとじこめられたように息ができなくなった。

　タリーがプールから上がり、犬のように体を振った。その愛嬌《あいきょう》ある姿を見ても、マギーに笑う余裕はなかった。

「マギー？」カリードが目の前に立ちはだかった。

「好むと好まざるとにかかわらず、君には新しい仕事ができるんだ。母親になるというのは大変な仕事だよ」

　マギーは信じられない思いでかぶりを振った。

「それじゃあなたは、私がこの国で王族と結婚し、ほとんど知りもしない相手に縛られて暮らすほうが楽だとでも思っているの？」

「君はけっしてひとりではない。不自由な思いはさせない」カリードはあくまでも辛抱強く、ぬくもりのこもった口調で説得した。

　私はせっかく手に入れたささやかなものを手放す危険は冒したくない。私の自立はどうなるの？　将来の夢は？

　でもたぶん、ほかに道はないのかも。私の将来は、もはや私だけのものではないのだから。またしても新たな現実に行き当たり、マギーはパニック状態に陥った。妊娠……。深呼吸し、気持ちを落ち着ける。

「私はあなたの世界には合わないわ」マギーは片手でぞんざいに全身を示した。ブーツは汚れているし、ズボンには水がはね、馬の毛がびっしりとついている。「私は宮殿で暮らせるような人間じゃない。働いて暮らしを立てていく、ごく普通の人間よ」

　カリードと目が合い、二人の間に思いもよらない共感が生まれた。

「僕もだ、マギー」

　彼女は即座に、言葉を誤ったことに気づいた。カリードが自分の任務をどれだけ真剣に受けとめているかは、すでに本人の口から聞いたというのに。

「ごめんなさい、カリード。そうだったわね。でも、あなたと私では住む環境が違いすぎるわ」

　マギーは馬をつなぎ、タリーをブラッシングしはじめた。こうしていれば、カリードの方を見なくてすむ。

　カリードはまるでわかっていない。結婚は彼にとって、〝いちばん理にかなった方法〟でしかないのだ。そんなふうに考えている相手と、どうして結婚できるだろう。私のことを愛してもいない相手と。この先もけっして愛してくれる可能性はないとわかっている相手と。そんな結婚に縛られるなんて、とても正気の沙汰《さた》ではない。

「まわりの人たちは、あなたがもっときれいで上品で、そういう地位にふさわしい相手と結婚することを期待しているはずよ。つまり、もっと立派な家柄の人と」

　カリードは、マギーの肩に力がこもり、顎が上を向くさまを見守った。子供のころ気の進まない課題を言いつけられたときに、彼もよくそういう態度をとったものだ。

「シャジェハールでは、国王は代々自分の好きな相手と結婚している」

「あなたの好きな相手が私だなんて、誰も信じるものですか」マギーは冷ややかに言い返したものの、口元は痛々しくゆがんでいた。

マギーは馬の世話に戻った。その動作はなめらかだが、本人の緊張を完全には隠していない。

沈みゆく夕日がマギーの髪を金色に染め、ほっそりとした体の線を浮かび上がらせている。カリードの体を、熱い何かが駆け抜けた。彼女のバージンを奪った、あの晩のことがよみがえる。僕の手で、彼女の繊細な体は生まれて初めて命を吹きこまれた。

「僕の選択に疑問をいだく人間など、ひとりもいない。君をひと目見れば誰だって、僕が君を手に入れたがるとわかる」

マギーが勢いよく振り返った。その目は驚きに見開かれている。そこには一瞬、痛みも見て取れた。

「やめて。私をひと目見れば、誰でもそれが嘘《うそ》だとわかるわ」

「君には敬意をもって接し、妻としてきちんと処遇する。誰も疑ったりしない」

マギーは首を横に振った。「敬意というのは、あなたの子供の母親として受けるにふさわしい敬意、ということでしょう？」

「それもある」カリードは答えたのち、マギーの硬い表情に気づいて戦術を変えた。「敬意と、それに、誠実も誓うよ。そんなに悪い取り引きかな？」彼は容赦なく追いつめた。「オーストラリアに帰って、いったい何があるというんだ？　新しい人生を始めるために、あきらめられないほどの何かがあるとでも？」

それ以上言う必要はなかった。真実はお互いの間に、歴然と横たわっている。オーストラリアに帰っても、マギーを待つものは、失業と、孤独と、ひとりで子供を育てる苦労だけ。

「私たちには、なんの共通点もないのよ」ようやく答えてから、マギーは固く口を閉じ、視線をそらした。

　カリードは勝利の笑みをぐっと抑えた。僕の勝ちだ。マギーはまだ負けを認めるつもりはないだろうが。体に熱い期待がこみあげる。

　性の営みをめぐるみごとな相性の一致に関しては、いまは黙っていることにしよう。おそらくマギーも触れてほしくないはずだ。それについては、結婚してからいくらでも時間はある。

「時間をかけて、探していけばいい」カリードは請け合った。「いまはお互いの子供と、お互いの誠意という共通点がある。スタート地点としては、そう悪くないんじゃないかな」

「さあ、行くわよ」マギーははずみをつけて、少年をポニーの鞍《くら》に乗せた。

　互いに言葉は通じないが、とくに問題はなかった。少年の笑顔を見れば、もはや説明はいらない。マギーは少年の足の位置と手綱の握りを確認し、それから、背筋と肩をまっすぐにするよう身ぶりで示した。少年が言われたとおりにするのを見て、彼女はにっこりと笑みを返した。

　だがマギーが引き馬用の綱に手をのばした瞬間、少年は怒ってわめき散らした。

「気にしなくていい、マギー」すぐそばでカリードの声がした。「まだひとりで乗れないことは、ハメドもわかっている」

　マギーは馬上の少年をちらりと見て、わめいても無駄なことを示し、つかんでいた手綱を放した。このままではどこへも行けないことを察し、ハメドはすぐに静かになった。

「大丈夫」マギーはカリードを振り返った。「ハメドにだってプライドがあるのよ。少し時間をおきましょう」

カリードの温かい笑みを目にし、マギーはこの二日間の緊張がほぐれていくのを感じた。カリードや彼のいとこの子供たちと過ごす午後は、予想以上に楽しかった。結婚の件は依然として未解決だが、彼は一度もその話を持ち出さない。

「子供の扱いに慣れているようだね」

それは褒め言葉なのかしら。ちらりと思いつつ、マギーは肩をすくめた。「毎月第二土曜日に、障害者のための乗馬教室を手伝っているの。参加者のほとんどが子供だから、多少のこつは学んだかもしれないわ」

「子供の相手は好きかい？」

「そりゃあ、楽しいもの」子供は自分の感情に正直で、相手をありのままに受けとめる。

「子供を、前から欲しいと思っていた？」

「ええ、たぶん」カリードに見据えられ、マギーは視線をそらすことができなくなった。「まだ予定はしていなかったけれど。あなたは？　あなたもいずれは子供が欲しいと思っていた？」

カリードの顔が凍りつき、表情が急に暗くなった。

「ずっとそう思っていたわけではないが、ああ、欲しかったよ」

彼の目に映った痛みがなんなのか、マギーにはわからなかった。

マギーはハメドを振り返り、にっこり笑った。そしてほどなく、興奮しておしゃべりの止まらない少年に、じっと座っているよう声をかけつつ、手綱を引いて厩舎の中庭をまわりはじめた。

けれどその間、実際にマギーの注意を引きつけていたのは、カリードの様子だった。彼はハメドの幼い妹アイシャを腕に抱き、馬ににんじんをやっていた。馬が鼻を鳴らして餌《えさ》のにおいを嗅ぐと、アイシャは喜びの声をあげ、くすくす笑った。

カリードがたくましい体で少女をしっかりと支える姿を見るうちに、マギーは心の中で何かがくずれるのを感じた。大人の男性と少女というのが、何か完璧な組み合わせに思われる。

カリードは少女を優しく勇気づける一方で、アイシャがいきなり馬の頭に手をのばそうとすると、すばやく制止した。その態度からは、忍耐と優しさと気遣いが伝わってくる。カリードはきっと、我が子をとてもかわいがる父親になるだろう。しかしけっして、甘やかすだけの親にはならないはずだ。私たちの子供は、だめなことはだめと教えられる一方で、山ほどの愛情を注がれて育てられるに違いない。もし私が彼と結婚したなら。

私たちの子供には、そんなふうに育ってほしい。私のように父におびえて窮屈な思いをするのではなく。カリードならきっと子供の夢を打ち砕いたりはしない。彼ならきっと理想の父親になるだろう。

マギーは大きくため息をついた。愛のない結婚に、私は耐えられるだろうか。これまでずっと愛が欲しくてたまらなかったというのに。

「やけに真剣な顔をしているんだね」

気づくと、カリードが目の前に立っていた。いまもアイシャを腕に抱いている。マギーは我が子を抱く彼の姿を思い浮かべた。カリードが我が子に与えるであろう、愛情と支えのことを考えた。

マギーは立ち止まった。ハメドの乗ったポニーが彼女のわき腹に鼻をすり寄せる。

「考えていたのよ」

黒い目の中で何かが光ったように見えたのは、気のせい？

「僕たちのことだね。それに、子供のこと」

あまりにも確信に満ちた態度が癪《しゃく》に障り、マギーはとっさに否定したくなった。とはいえ、否定して何になるというのだろう。そうよ、私たちのことを考えていたわ。ずっと、そのことしか頭にない。どうするのがいちばんか、と。よく知りもしない男性にこの身をまかせるのは、死ぬほど怖い。でも、子供のために認めないわけにはいかない。

「答えが出たんだね」

　カリードの視線に、マギーは身動きを封じられた。

「聞かせてくれるかな」

　心臓が喉元までこみあげる。マギーはついに心を決めた。

「ええ、カリード。あなたと結婚するわ」

7

　二週間後、新しく移ったばかりの贅沢《ぜいたく》な部屋で、マギーは姿見の前に立っていた。鏡に映った見知らぬ自分に、彼女は驚くばかりだった。衣装と宝石にお金をかけ、女たちがあれこれ世話を焼くと、こういうことが可能なのかと信じられない思いがする。鏡に映った王家の花嫁には、厩《きゅう》務《む》員のなごりを感じさせるものはいっさいない。

　マギーはおずおずと鏡に近づいた。足を踏み出すたびに、金襴《きんらん》地に真珠の刺繍《ししゅう》をちりばめたドレスの重みと硬さが意識される。エメラルドのネックレスやイヤリングを身につけているせいで、彼女の瞳は驚くほど輝いて見えた。

この瞳の輝きは、恐怖のせい？　胸の内で不安がふくれ上がり、迷いのうちに時間が過ぎていく。

マギーは鏡の中の人物を見つめた。本当にうまくいくかしら。それらしく振る舞うことさえできれば、そうね、いずれは国王の妻という役になじんでいくかもしれない。そして私は……。

「みごとだ！」

マギーが驚いて身を翻すと、長いドレスが大きく揺れた。

「カリード！　なぜあなたがここにいるの？」

彼はドア口に寄りかかっていた。そしていま、こちらへ近づいてくる。その姿はまさにアラブの王さまだ。いいえ、それ以上だわ。まるで夢の中のプリンスが本当に現れたみたい。華麗な姿。しなやかな身のこなし。危険なまでのエネルギー。ひときわ豪華なローブが、男性的な優雅さをいっそう際立たせている。

カリードのまなざしに気づいて、マギーの血は熱くすぶりはじめた。

「花嫁の姿を愛《め》でに来た」

マギーの前まで来て、カリードは立ち止まった。熱を帯びた視線でまじまじと見つめられ、彼女の心臓はますます激しく胸をたたいた。

「こんなところに、いてもいいの？」

「婚礼の日に、ほかにどこにいろというんだ？」

カリードの視線が、赤くなったマギーの頬からゆっくりと下へ向かい、口元で止まった。彼女は息をのんだ。唇がうずき、わずかに開く。すると、カリードの目が細くなった。熱いまなざしで見つめられ、マギーの全身がかっと燃え上がる。

飾りのついた薄いシルクのベールから、床を掃く長いドレスの裾《すそ》まで、カリードは彼女の全身を余すところなく眺め、それから、ゆっくりと笑みを浮かべた。まるで、自分の宝をこっそり眺めて喜んでいるみたい。マギーはちらりと思ったが、もちろん、そうでないことはわかっている。

カリードが私と結婚するのは、我が子を手元に置くため。彼に欲望などいだいても、どうにもならない。マギーは顔をしかめ、何か別のことを考えようと努めた。

「花婿と花嫁が式の前に顔を合わせると、幸運が逃げてしまうのではなかったかしら？」

「幸運だって？」カリードはばかにするように笑った。「幸運は自分の手でつかまえるものだ。それはさておき、本来なら家族や友人が力になってくれるはずのときに、君はひとりだからね」

カリードはさらに近づき、マギーの手を取った。彼のぬくもりが、マギーを包みこんでいく。

「君には家族もいないし、式には友人も招かなかった。だから、かわりに僕が来た。君をひとりにしたくなかったから」

豊かな響きとぬくもりのこもった声に、マギーは心を揺さぶられた。

カリードのことだから優しくしてくれるだろうとは思っていたが、それでもまさか、ここまでの気遣いは予想していなかった。

「ありがとう、カリード」言葉ではとても言いつくせない。

カリードに手を握られ、マギーは少しだけ不安が軽くなったような気がした。

「そうね、ひとりでいるよりずっといいわ」きょうは一日、母と妹はいまごろどこでどうしているだろうかと、古い痛みを思い出してばかりいた。結婚式には、母と妹にも来てほしい。それが彼女の夢だった。かなうことなら妹のキャシーに花嫁つき添い係《ブライズメイド》を頼みたかった。

マギーはなんとか笑みを取りつくろい、カリードの目を見上げた。

「私に新しい家族ができるのね」彼女はおなかを覆う贅沢な生地をそっと撫《な》でた。「新たな出発だわ」

マギーの落ち着いたまなざしには、強い決意が見て取れた。そして同時に、そこに映った痛みの影にも、カリードは気づいた。彼はマギーの腕をつかみ、そばに引き寄せた。

「僕を信じて、マギー。けっして後悔はさせない」

きょうの婚礼も、花嫁も、最初のときとはなんと違っていることか。カリードは前回の結婚との違いを噛《か》みしめずにはいられなかった。

前回は何カ月も前からお祭り騒ぎで、身内での祝いが続いていた。僕は興奮して落ち着かず、期待で胸がいっぱいだった。愛する女性と新たな人生を踏み出すことを思うと、すばらしい冒険が始まるようでわくわくした。

だが今回は、そういう感情的なかかわり合いはいっさいなしだ。僕とマギーは子供のために良識的に責任を引き受けようと決めたにすぎない。

とはいえカリードは、マギーの心の痛みを取り除いてやりたいという気持ちを抑えることはできなかった。

カリードはマギーの顎に触れ、顔を上に向けた。なんとまばゆい目の輝きだ。彼女が身につけている宝石以上だ。カリードの体を熱い矢が貫いた。きたるべき夜が待ちきれない。もう何週間も、体は彼女を求めてうずいている。

「僕を信じて。気持ちを楽にするんだ。何も心配することはない」

「さて、妻よ、我がシャジェハールの結婚式をどう思う？」

マギーは椅子に座ったまま、背筋をのばした。カリードの温かい吐息が頬をかすめ、体の中でいくつも爆発が起こった。〝妻よ〟という低い響きに脈が速くなり、胸の頂がひそかな喜びに硬くなる。彼の声は二人が体を重ねたあの晩の記憶をよみがえらせ、鼻をくすぐる彼の香りはマギーの欲望を目覚めさせた。

「目をみはるようだわ」ありのままに答える。「とにかく、驚きよ。こういうものだとは想像もしていなかった」

　マギーが結婚を承諾してからというもの、カリードはずっと一定の距離を保っていた。会うときには必ずほかの誰かが一緒で、きょう彼がふらりと部屋をのぞきに来たあのときまで、二人きりで言葉を交わせるような場面は一度もなかった。そのときのカリードの様子を思い出し、マギーは笑いを押し殺した。あれはまさに、ハーレムに遊びに来た王さまだった。でももちろん、彼は私を勇気づけに来てくれただけ。一度きりの熱いまなざしを除き、彼はずっと模範生のように礼儀正しく振る舞っている。

　この結婚が形だけにすぎないことを、私は残念に感じている。そう気づいて、マギーはとまどった。カリードがこんなに近くにいると、またしても欲望が目を覚まし、全身の血が体を駆けめぐる気がする。こんなにも彼が欲しくてたまらないのに、私は自分を、血の通わない結婚に縛りつけてしまったんだわ。

「気に入ってもらえて、うれしいよ」

　振り返って目を合わせたくなる衝動を抑え、マギーは正面の群衆を見渡した。こんなに大勢の人間がひとつの場所に集まったところは、見たことがない。巨大な天幕に人々がひしめき合い、絶え間ない喧噪《けんそう》を繰り広げている。メインの天幕の向こう側も、見渡す限りの人だ。あぶった肉とスパイスの香りがそこらじゅうに漂い、音楽と笑い声が響き、人々は話に花を咲かせている。

「あなたが私を花嫁に選んだことを、誰も気にしていないようね」マギーはおずおずと認めた。「みんな、とてもよくしてくれるわ」

　カリードの伯父のフセインや、その妻のゼイナブなど、何人かの知った顔を見つけて、マギーは心強く感じた。ゼイナブはマギーを優しく気遣い、シャジェハールの習慣をあれこれと教えてくれた。

「当然だ。僕の選択に疑問を差しはさむ者などいない」国の発展と近代化にかける思いをあれほど熱っぽく語りながら、その口調はまさに専制君主の自信を感じさせる。

　マギーは急に不安になった。私は自分の夫について、どれだけ知っているのかしら。

「君なら国王の妻にふさわしいと、みんなわかっているのさ。今夜の君は、とてもきれいだ」

　深みのある低いささやきが、振動となってマギーの体の隅々に伝わった。

「うれしがらせてくれなくていいのよ、カリード」

「うれしがらせるだって？」カリードの眉が上がった。「君は、僕を信じることを学ばなくてはいけないな。僕はけっして嘘《うそ》はつかない」

　そうね、嘘ではなく、誇張しているだけ。マギーは思ったが、彼の心遣いはうれしかった。私を励まし、自信を持たせようとしているに違いない。

　カリードが上体を近づけた。「君の瞳は星のようだ。唇は甘く誘っている。繊細なうなじは……」

「カリード！」わき起こる喜びの波を、マギーは必死の思いで押しとどめた。「お願い、やめて」

「何をやめるんだ？」カリードはむっとしたように唇を引き結んだ。

「お願いだから、そういうことは言わないで」マギーはちらりと横を見たが、人々はそれぞれの話に夢中で、国王と花嫁のことは気にしていないようだ。

「わかった」カリードは少し間を置き、マギーがもう一度彼に顔を向けるのを待ってから言葉を続けた。

「それじゃ、何を話そうか？」

どうしたのかしら。マギーは不安になった。カリードは怒っているようだ。私はただ熱烈な恋人ぶりを演じるのはやめてと言っただけなのに。もちろん、人目を取りつくろうためなのはわかっているけれど、ひそかな望みをかきたてられて、抑えられなくなりそうだったから。

渇いた喉を潤したくて、マギーは目の前にある金の杯に手をのばし、ひんやりとした強いリキュールを飲み下した。

「祝宴はいつまで続くの？」

マギーは突然どっと疲れが押し寄せるのを感じた。式そのものは意外なほどあっさりすんだが、そのあとのお祭り騒ぎは、すでに一日続いている。来賓の挨拶《あいさつ》に応《こた》えるだけで、何時間もかかった。そして、さまざまなショーが続いた。馬術演目にはカリードも出演し、勇気あふれる技に、マギーは思わず立ち上がって拍手を送った。

「二、三日だよ」

「二、三日ですって？」マギーには想像もつかなかった。

「今夜もまだまだ続く。僕はなるべくこの場にいなければならないが」カリードのまなざしが鋭くなった。「君が疲れたなら、退席しようか？」

「本当？」眠ることを考えたとたん、マギーはあらがいがたい誘惑にとらわれた。こみあげるあくびを、彼女はあわてて押し殺した。

「おいで」カリードが立ち上がった。華麗なローブをまとった立ち姿は、実に堂々としている。

マギーが見とれていると、人々が急に静かになった。カリードに手を差し出され、彼女はしかたなく片手をあずけた。温かい手がその手を握り、容赦なく立ち上がらせる。彼の体が目の前に迫り、体温が伝わってきた。マギーは背筋に力をこめ、彼の目ではなく広い胸板に視線を固定した。

　カリードは体の向きを変え、マギーの手を引いて歩き出した。大狂乱が巻き起こったのは、そのときだ。突然歓声と笑い声が起こり、音楽が鳴り出した。

　マギーはよろめき、問うように見上げた。

「どういうこと？」

　カリードの表情は険しく、その感情を読むことはできない。だが明かりに背を向けているにもかかわらず、彼がこちらをじっと見ていることはわかった。その目は黒いダイヤモンドのように輝いている。

「みんな、僕を応援しているんだよ」カリードの口元がぴくりと動いた。おそらく笑ったのだろう。

「ようやく花嫁をベッドに連れていくので、喜んでいるのさ」

8

　カリードに導かれ、マギーは花の香りの漂う庭を抜けて、宮殿に入った。

　沈黙を埋めたくてマギーは必死に言葉を探したが、何も思い浮かばなかった。口の中がからからになり、呼吸が乱れて、頭の中がぐるぐるまわっている。無理もない。カリードがこんなに近くにいて、手を握っているのだから。

　しかも今夜は婚礼の夜だ。私はいまハンサムな夫に手を引かれ、寝室へと向かっている。

　マギーの中で、緊張と興奮が渦を巻いた。これは便宜結婚にすぎないはずなのに。

　気がつくと、マギーは見覚えのない場所に来ていた。

「ここは？」とても自分のものとは思えない、かすれた声になった。

　カリードが両開きの壮麗な扉を開け、マギーを中へ促す。そこは広々とした玄関ホールになっていた。その先には回廊がのび、壁の一方は庭を描いた古い壁画で覆われている。

「僕たちの新居だ」

　背後で低い声が響き、マギーはぎくりとした。

「宮殿の旧棟の中心部にあたる」

「私たちの新居？　でも、私はついこのあいだ、いまの部屋に移ったばかりよ」結婚を承諾したその日に。

「それは、結婚前の話だろう？　これからはもう、別々というわけにはいかない。同じところで生活しなくては」

　マギーの息は喉元で止まった。

　二人は贅沢《ぜいたく》な広い居間を通り抜け、もっと小さな私的な雰囲気の居間を過ぎて、いままた別の扉にたどり着いた。

　カリードは立ち止まり、マギーの手に温かい唇を押し当てた。その衝撃は、彼女の体の芯《しん》に達した。膝の力が抜けていく。ため息がもれそうになるのを、マギーは必死になって抑えつけた。

「きょう、君は立派だった」

　なめらかな声で言われ、マギーは望みをかきたてられた。彼の言葉をもっと聞きたい。優しい強さにすがりたい。もっともっと彼が欲しい。

「ありがとう」声がひどくかすれた。「伯母さまのおかげよ。いろいろと教えていただいたから」マギーは自分でもしゃべりすぎだと感じたが、止めることができなかった。「お友達にも引き合わせていただいて、きょうも何人か知った顔があったわ」

「そうだとしても、役を立派に果たしたのは君の力だ」

役を果たした……。

その言葉は、すべてが見せかけにすぎないことを、二人に思い出させた。

現実がマギーをたたきのめす。期待と興奮も消えた。見せかけの罠《わな》にはまってしまった。彼は私のことなど、なんとも思っていないのに。

合図を得たかのように、カリードはマギーの手を放し、一歩下がった。マギーの胸は締めつけられた。その一歩こそが、冷たい現実を雄弁に物語っている。私がひそかに越えたいと願っていた現実を。

私たちはただの他人。結婚しても他人であることに変わりはない。でも承知のうえで同意したんだもの、こんなに傷つくいわれはないはずよ。

「ここが君の部屋だ」カリードの声は、自分の耳にさえ、ぎくしゃくとして聞こえた。まるで客をもてなす執事のようだ。だがそうでもしなければ、彼女との距離を維持するのは不可能だった。「疲れているようだし、ゆっくり休むといい」

こんなはずではなかった。カリードは苦々しさを噛《か》みしめた。今夜こそマギーを自分のものにするはずだった。だが伯母や医師の指摘するとおり、彼女の顔を見れば、疲れているのは明らかだ。目にはとまどいが宿り、唇は震えている。いまここで親密な行為を求めるのは、あまりに酷というものだ。

医師も休養の必要性を強調していた。いまは待つしかない。せめて今夜だけでも。

「何かあったら、ベルを鳴らすといい」

見つめ返すマギーの目は、ひどく大きく見えた。

「あなたは残らないの？」

不安定な声。やはり休ませることにして正解だった、とカリードは思った。

「そんなにすぐに戻ったら、みんなに変に思われないかしら」

「心配はいらない」カリードは気のない笑みを取りつくろった。「ぐっすりおやすみ」

　マギーは肩を落とし、新しい部屋に入った。広々としたスペースも、天蓋《てんがい》つきのベッドも、優雅な家具も、ほとんど目に入らなかった。彼女はふらふらと長椅子に近づいて腰を下ろし、高価なドレスにはかまわずに膝を抱き寄せた。

　何を落ちこんでいるの？　この結婚が子供のためだということは、わかっていたはずでしょう？　私たちはけっして本当の夫婦になるわけではない。そうは思っても、カリードの拒絶は胸にこたえた。

　いったい何を期待していたの？　着飾った私を見て、彼の欲望に火がつくかもしれない、と？　あり得ないわ。

　マギーの心はしぼんだ。この名ばかりの結婚が、突然、終身刑のように感じられた。


　翌日の午後、デスクに向かっていたカリードは、ふとマギーの香りに気づいた。ばらの香油だ。旅行者が買っていくような安っぽい香りとは違い、真の官能をもたらす香油。その液体を女性の温かい肌につけると、魔法の効果を発揮する。

　カリードはゆっくりと顔を上げた。欲望が全身を貫き、マギーと過ごしたあの晩以来、体の奥でずっと燃えつづけている炎をあおった。体じゅうの筋肉に力がこもっていく。

　マギーはドア口に立っていた。伝統衣装のアバヤで全身を覆っている。彼女が歩き出すとドレスに縫いこまれたビーズが光を反射し、玉虫色に輝いた。近づいてくるマギーを見守りながら、カリードは口の中がからからになるのを感じた。薄いシルク地の内側に、彼女はブラジャーをつけていないのだろうか。優しく揺れる胸の動きに、彼の目は釘《くぎ》づけになった。

疲労の影は消えているが、マギーは少々緊張しているようだ。彼女は僕を誘惑しに来たのか？

カリードは口元に笑みを浮かべた。脚の付け根に、みるみる熱がたまっていく。

「やあ、マギー」低い満足げな響きになった。彼女の動きには無駄がなく、頬には色が差して、すっかり元気になったようだ。カリードの中で期待が渦を巻いた。

マギーは大きなデスクの前で立ち止まり、胸を隠すように体の前で腕を組んだ。だが手遅れだった。カリードはすでに、内側からアバヤを押す胸の先端に気づいてしまった。

「カリード」マギーは冷ややかに応じた。「戻っていたのね。気づかなかったわ」

「ついさっきね。気分はどうだい？　もうなんともないか？」

マギーは顔をしかめた。「もちろん、なんでもないわ。きのうは疲れていただけよ」

「それを聞いてほっとしたよ。どうぞ、かけて」カリードは椅子を示した。

「けっこうよ、ありがとう」マギーはすばやく部屋を見まわした。「その、話し合いが必要だと思って。私たちが結婚したように見せかけるにあたって」

カリードは背筋をのばした。「見せかけではない。結婚は有効だ。いまさらあと戻りはできない」

「そういう意味で言ったんじゃないわ」引き結んだ口元には、とまどいがうかがえる。「お互い、基本的なルールを決めておく必要があると思うの」

「基本的なルール？」

「あなたが何を求めているのか。具体的に、どんなふうに日々を過ごすのか。そういったことについて、一度も話し合っていないでしょう？」

マギーが姿勢を正すと、形のいい胸がカリードの目の前に突き出した。彼はもう少しで声に出してうなりそうになった。

「たとえばきょうにしても、私はいったいどうすればよかったのかしら。ひとりで外に出てもかまわなかったの？　それともずっと一緒にいたふりをしたほうがよかったの？」マギーは息を吸い、すばやく視線をそらした。「私をひとり残していったということは、この結婚が普通とは違うことをまわりに知られてもかまわないのでしょうけれど」

「普通とは違うだって？」

「普通、花婿は花嫁と一緒にいるものでしょう？」言葉に含まれたとげは聞き逃しようがなかった。

カリードはマギーをじっと見つめた。彼女は本当に、僕が好きこのんで距離を置いていたと思っているのだろうか。

「僕は午後にも様子を見に行った。君がまだ眠っていたから、起こさなかっただけだ」

広いベッドの真ん中で丸くなっているマギーを目にし、カリードの欲望は鷹《たか》のように爪を出した。それでも彼女の疲労を思い、なんとか欲求不満を抑えつけて、ふたたび祝宴の席に戻ったのだ。

だがどうやら、判断ミスだったらしい。

「君が目を覚ましたとわかっていれば、もっと早くに戻っていた」

カリードは椅子から立ち上がってデスクをまわりこみ、ゆっくりとマギーに近づいた。

「僕たちのルールはひとつだよ、マギー。僕は夫で、君は妻」その言葉は、自分でも意外なほど心地よく感じられた。

カリードはマギーの正面に立ち、彼女を自分とデスクの間に封じこめた。マギーの目を見れば動揺しているのは明らかだが、顎は決然と突き出されている。互いの間に横たわる強烈な欲望と闘っているのかもしれない。彼女の不屈の精神は、彼の欲望をますます刺激した。

「本当に？」

マギーの浅い息遣いが、カリードの耳には心地よかった。彼女を初めて抱いたときのことを思い出す。めまいを誘う、官能の記憶。

「そうだ」カリードは喉を低く震わせた。「僕は君を妻として扱う」

マギーは目を見開き、体を震わせて息を吸った。

もう一度彼女を味わおうと、カリードは顔を近づけ、唇を首筋に押し当てた。まるでばらの香りを放つベルベットのようだ。信じられないほどやわらかく、甘い退廃の味がする。

「カリード！　何をするの？」

「いやなのか？」カリードは動きを止め、唇を離した。「だが花婿とはもちろん、花嫁にこういうことをするものだろう？」

マギーのうなじに、喉に、唇の端に、カリードはキスをした。体ごと抱き寄せると、彼女は思わずうめき声をあげ、身を震わせた。

それから彼は唇を覆い、舌を侵入させた。蜜《みつ》のような味わいと濃密なキスが、飢えた体を一気に熱くする。ぴったりと押し当てられたマギーの華奢《きゃしゃ》な体が意識され、このままでは体が溶けてしまいそうだ。

焦るな。落ち着いて。

カリードはマギーの腰をつかんで持ち上げ、彼女をデスクにのせた。

待ちきれずに手を上にすべらせると、思ったとおり、彼女の胸にブラジャーはない。非の打ちどころのない完璧《かんぺき》な胸を、カリードは両手で包みこんだ。そのぬくもりと引き締まった形は、日差しを浴びた果実を思わせる。彼が両手に力をこめるや、マギーの喜びの声が振動となって口の中で響いた。カリードの腕の中で、マギーはふたたび身を震わせた。

カリードは少しだけ顔を離し、彼女の唇にささやきかけた。「感じるかい？」

　マギーは無言でうなずき、顔を上に向けた。カリードは首筋に舌を這《は》わせ、薄い生地の上から胸を愛《あい》撫《ぶ》した。喜びの波が彼女の体を駆け抜ける。彼の血は一気に下腹部へ集まった。

　カリードは膝を曲げ、胸の頂を口に含んだ。シルクの布はもはや喜びの妨げではなく、またたく間に濡《ぬ》れて彼女の肌同然になった。彼の腕の中で、マギーは恍惚《こうこつ》に身を硬くした。

「カリード、お願い」彼女はあえぎながら訴えた。

「しいっ」カリードは身を起こし、マギーの脚を隠している布をつかんだ。

「だめよ！」マギーは目を閉じたままかぶりを振った。

　けれどすでにシルクはめくられ、カリードの手は彼女の素肌を探っている。

「だめなものか」彼はアバヤを上までめくった。手の下でなめらかな白い腿が震えている。カリードの欲望はさらに募った。「君は僕の妻だ」

　カリードが白いレースのショーツに指をかけて下に引くと、彼女は自ら腰を浮かせて脱ぎやすくした。

　カリードは自分のズボンに手をかけた。今回は避妊に煩わされることもない。僕の種はすでにマギーの中にしっかりと根を下ろしている。そう考えたとたん、最高の満足感がこみあげるとともに、欲望が一気にふくれ上がった。彼女は僕のものだ。気持ちが高ぶり、膝が震える。

「目を開けて、マギー」

　金色の瞳の奥で、エメラルド色の光がまぶしく輝いた。マギーは手をのばし、カリードの肩をつかんだ。そして、彼が離れることを恐れるかのように、その手に力をこめた。

　情熱の勢いに、彼女自身驚いているようだ。だがあらがう気配はない。マギーも感じているに違いない。とても尋常とは言えない差し迫った欲望を。

カリードは彼女の腿の下に手を入れた。

「脚を上げて」彼はかすれた声で命じた。マギーの両脚が彼に巻きつく。この甘い恍惚の瞬間を、どれほど夢見たことだろう。

カリードは両手を広げてマギーを支え、ゆっくりと慎重に彼女の中に身をうずめた。

記憶のとおりだ。熱くなめらかで、敏感になった僕の体の一部を信じられないほどぴったりと包んでくれる。マギーの顔に浮かんだ驚きは、カリードの心をなんとも甘くくすぐった。

彼は繰り返し体を前に押し出した。マギーがしがみつき、肩に指が食いこむ。

爆発の予兆に気づいて、カリードは目を開けた。マギーはショックにおののき、頬がしだいに赤く染まっていく。

カリードは一定のリズムで、なおも体を動かしつづけた。マギーの叫び声はしだいに鋭さを増し、やがて息が止まるのではないかと思われた。

熱い欲望に駆りたてられてカリードは彼女を抱き寄せ、なめらかな髪に鼻をすり寄せた。次の瞬間、体じゅうの血管が爆発を引き起こし、彼は我を失った。すさまじいばかりのクライマックスが二人を揺るがし、その中で彼は激しく身を震わせた。

やがてすべてがおさまったとき、カリードは力なくほほ笑んだ。

便宜結婚とは言いながら、実にすばらしい特典つきだ。新妻との性の営みは、まさに驚異だ。

なぜならそれは単なる欲望の解放ではないからだ。意識の下で頭をもたげかけたかすかな不安を、カリードは頑として抑えつけた。

ばかな。ほかにいったい何があるというのか。

9

カリードはマギーのアバヤをすばやく脱がせ、彼女をベッドに運んだ。腕におさまった彼女の感触は、甘く温かく、完璧《かんぺき》だった。

部屋は淡い月明かりに満ちていたので、明かりはつけなかった。目の前に一糸まとわぬ姿で横たわるマギーは輝くばかりに美しく、長い脚となだらかな曲線は誘惑以外の何物でもない。

マギーの手がシーツにのびる。体を隠すつもりだろうか。

「だめだ！」

カリードの声は意図したよりもきつくなった。マギーは凍りつき、目を見開いている。

「そのままでいい」

マギーは胸を震わせながら、長いため息をついた。二つの胸が上下するさまを、カリードは恍惚《こうこつ》として眺めた。早く両手におさめたくて指がうずく。

カリードは無言のまま服をすべて脱ぎ捨て、自分もベッドに上がった。マギーに覆いかぶさるつもりだったが、彼女があわててよけたので、かわりに彼女の鎖骨に手を当てた。脈が速いテンポでたたき返すのを感じ、彼は悦に入った。

「そういうことはしなくていいのよ」聞き取れるかどうかの小さな声だ。

「何をしなくていいんだって？」彼女の胸に向かって指を這《は》わせながら、カリードはぼんやりとき返した。いまは目の前の甘美な曲線のことしか考えられない。

彼の手にマギーの手が重なり、動きを制した。

「私に触れる必要はないのよ」彼女は大きく息を吸

った。「私は性的なことをするために、あなたに会いに来たわけじゃないんだから」

「でも、よかっただろう？」

カリードは手を返してマギーの手をつかみ、彼女に顔を向けた。マギーの口元は固く結ばれ、目はかげりを帯びている。ほどなく彼女は横を向いた。

カリードは思い出した。マギーは誇り高い女性だ。半面、傷つきやすく、自信に欠ける部分もある。そのために、怒りっぽいのだろう。予定していた婚約の贈り物さえ、贅沢《ぜいたく》すぎるからと全部は受け取らなかったほどだ。

世の中にはお金以外のものに価値を見いだす人間もいるのだということを、僕は忘れていた。

シャヒーナもそうだった。裕福な家庭に生まれたにもかかわらず、彼女をほほ笑ませるのは、贅沢な品々ではなかった。彼女の笑みを誘うのは、お金では買えないもの。友情や、分かち合う喜び、山の向こうに沈む夕日、赤ん坊の笑顔……。

カリードは顔をしかめた。生まれ育った環境がこれほど違うにもかかわらず、マギーとシャヒーナには、なんと多くの共通点があることか。不屈の精神にしても、そうだ。シャヒーナは命にかかわるほど重い喘息《ぜんそく》を患いながらも、最後の最後まで屈することなく生きつづけた。マギーは親に見放されて過酷な扱いを受けたが、つらい子供時代に打ち勝った。

不思議なことに、そんなふうに二人を比較しても、カリードは後ろめたさを感じなかった。再婚によってシャヒーナを裏切ったという気もしない。それどころか、すばらしい充実感が胸の内に広がっていく。

そうとも。これは正しいことなんだ。マギーと結婚し、一緒に子供を育てる。全員にとって、いちばんの選択だ。

カリードはマギーの手を放し、熟れて誇り高く突き出た彼女の胸に手をすべらせた。たちまち下腹部が熱くなり、彼は指に力をこめた。

「明日、君の荷物をここに運ばせよう」

愛し合って結婚するわけではないのだから、お互いある程度の距離は維持したほうがいいと考えたのだが、いまとなっては部屋を分けることに意味があるとは思えない。

カリードは彼女の腿の内側に入れた脚を上に向かってすべらせ、最も秘められた熱い部分に触れた。マギーが動くのを感じ、彼の体を期待が駆け抜ける。

「だめよ！　やめて！」

マギーの声に、彼ははっとなった。彼女は驚くほどの力でカリードの手を胸から払いのけた。

「お願い、私を相手に芝居をする必要はないのよ」

カリードは顔をしかめた。「何を言っている？」

「確かにすてきだったわ」マギーは早口にまくしたてた。「とても……よかったわ。でも、これでもう結婚は法的に有効になったのだし、これ以上こんなことをする必要は……」

マギーはふと黙り、唇を噛《か》んだ。

「どいてもらえないかしら。起きたいの」

「まだだめだ」カリードは、自分の耳にしたことが信じられなかった。とてもよかった、だって？　僕との営みが？　それで彼女は、十点満点の一点でもくれるつもりなのか？

カリードはマギーが逃れられないよう、さらに強く押さえつけた。しばらくして彼女はあきらめ、おとなしく横たわった。けれど彼の顔を見ようとはせず、胸を激しく上下させている。

「君は、たったいまのあの行為が、結婚を法的に有効にするためのものだったと思っているのか？」もちろん嘘《うそ》に決まっている。とても信じられない。息をのむようなあの完璧な愛の行為に、彼女は心を動かされなかったとでも？

「カリード、お願いよ！」

「だめだ！　離れるわけにはいかない」怒りのせいで声が険しくなったが、自分でも抑えられない。「いいか、マギー、たったいまの出来事は、法律とはなんの関係もない」

「嘘はやめて」マギーは激しくかぶりを振った。その目は濡《ぬ》れて光っている。「関係あるに決まっているわ。わかっているのよ。心の底では、あなたは私のことなど求めていない、と。あの最初の晩だって、私がすがりついたから一緒にいてくれただけ。本当は二度と会う気もなかったのでしょう？」

　カリードは首を横に振った。マギーが心に傷を負っていることは知っていた。あの最初の晩に、それくらいは見て取れた。だがまさか傷がそこまで深かったとは。

「私は見たのよ！」マギーは声を荒らげた。高ぶった感情が、生々しく伝わってくる。「あなたの目には同情が映っていたわ。あなたは気乗りがしなかったのよ。あなたは……」彼女は両手で彼の腿をつかみ、なんとか押しのけようとした。「そういうわけで、もう演技はいらないの。どうせここには、あなたと私しかいないんだから」

「あのとき僕が君を抱いたのは同情のためだった、と思っているのか？　そしていまは、結婚に実効性を持たせるためだ、と？」

　とても本気とは思えない。だがマギーが必死になって逃れようとするさまと痛々しい表情から察する限り、彼女はそう信じているのだろう。

「そういうことが本当に必要だと思うのか？　君はすでに僕の子を身ごもっているのに」

「それは……その、わからないけれど」

「僕には二度と会う気がなかったと言うが、あのとき出ていったのは君のほうだよ。忘れたのか？」その件に関しては、いまもわだかまりが残っている。

「僕はファルークの訃報《ふほう》を受けて、すぐに帰国しなければならなかった。でなければ、君もそう簡単には逃れられなかったはずだ。おかげで僕は、君がシャジェハールに来るまで何週間も待つはめになったんだ」

「待つですって？　そんなの嘘よ」マギーはかぶりを振ったが、しだいに自信を失っていた。

「いったい誰が君をここに呼び寄せたと思っている？」カリードは声を落とした。「僕たちの間には、続きが残っていたはずだ」

「そんなことはないわ」ほとんど消え入りそうな声になる。

カリードはマギーの顎を持ち、正面を向かせた。まぶたを伏せてはいても、彼女がこちらを見ていることはわかる。その視線は熱い氷と言えばいいか。

「そんなことはないだって？　じゃあ、これはどういうことかな？」カリードはさらに身をすり寄せ、熱く高まっている部分を押しつけた。やわらかな女性の肌が欲望のあかしをそっとこすり、天にも昇る味わいがした。

マギーの顔がショックに凍りつく。

「それはたぶん……」長い沈黙ののちにマギーは胸を震わせて息を吸い、視線をそらした。「私を抱いている間は、ほかの誰かのことを考えているんじゃないかしら」

状況がこれほど悲惨でなければ、カリードは笑っていただろう。けれどいまは、何かをたたき壊したい気分だった。体の中で怒りが渦を巻き、声がざらついた。

「誓って言うが、僕はずっと君のことしか考えていなかった。最初のときにためらったのは、君が精神的に弱くなっている状況につけこんで、そういうことをしたくなかったからだ」

「まあ」

返事はそれだけか？

「信じないかもしれないが、僕だって誰彼かまわずベッドをともにするわけではない。僕が君を抱いたのは、君が欲しかったからだ。そしていまも、君が欲しい」カリードは彼女の手をつかみ、自らの欲望のあかしに触れさせた。「妻として、君は僕の言葉を信じることを学ばなくては。前にも言ったが、僕はけっして嘘はつかない」

　硬く張りつめた欲望のあかしを生々しく突きつけられ、マギーはショックにおののいた。とても、ものを考えるどころではない。シルクを思わせるなめらかな皮膚と、鋼のようなたくましさ。なんというエロティックな感触。指が震え出し、彼女はあわてて手を離した。

「だって私は……」私は何？　不器用で骨ばっていて、女性らしさに欠けていて……。こんな私に彼が欲望を感じるはずはない、と？　マギーは唇を噛んだ。

「だっても何もない。君は僕の妻で、僕は君を求めている。それは、まぎれもない事実だ」すでに燃えるようにほてったマギーの顔に、カリードの温かい息が降りかかった。「君は僕が欲しくないのか、マギー？」

　マギーの息は喉元で止まった。きく必要があるの？　たったいま私は彼の腕の中でとろけ、喜びにすべてをささげたというのに。しかも、あろうことか彼のデスクで。

「私は……」マギーは喉元にこみあげた塊をのみ下した。「ええ、あなたが欲しいわ、カリード。知ってのとおりよ」私にはもはやプライドさえも残されていない。身を守るものは何もないのだ。

「僕も君が欲しい」マギーの唇の端に、頬に、顎に、カリードはキスを浴びせた。

「君はセクシーだ」ささやきながら、耳たぶをそっと嚙む。「それに、きれいだ」

首筋を這う舌の感触に、マギーは身を震わせた。

「きのうは式に来ていた男性客の全員が、僕の幸運をうらやんでいた」

カリードが降らせるキスの雨に、マギーはなすすべもなく背中を反らし、官能の渦とまばゆいばかりの幸福感に我を忘れた。

とぎれることなく言葉を紡ぎながら、唇は彼女の体を味わい、下へと移動していく。君は美しい。君が欲しい。どんなに君を求めていたか。ハスキーな声で何度も繰り返しささやかれ、マギーは胸がいっぱいで、言葉を返すこともできなかった。その間もずっと、カリードは手と唇と体で触れつづけ、疑念と不安をぬぐい去り、彼女を恍惚の深みへと引きずりこんだ。

「あなたが欲しいわ、カリード」とうとうマギーはささやいた。

「僕もだ、マギー。美しい僕の妻」

二人は固く結ばれ、見つめ合ったままクライマックスを迎えた。まわりで世界が砕け散ったときにも、マギーはけっしてひとりではなかった。そばにはカリードがいた。

体の震えがようやくおさまり、マギーが深く息を吸うと、カリードは彼女を自分の上に抱き寄せた。マギーの頬はちょうど彼の心臓の位置にあり、胸をたたく速いリズムを感じた。

「僕は君が欲しい。二度と疑ってはいけない」

ゆったりとした声が温かな渦となって広がり、マギーの全身に満ち足りた気分をもたらした。

カリードの手が髪を覆うのを感じ、マギーは目を閉じた。いまだ味わったことのない、えも言われぬ幸福感に包まれて、彼女は眠りに身をゆだねた。

「びっくりすること？　私に？」心の内を読まれな

いようにと願いつつ、マギーはカリードの目をのぞきこんだ。

　ゆうべのことがあってから、なんとなく、自分がもろくなった気がしてならない。夫に体を明け渡したことで、心まで明け渡してしまったような、そんな感じだ。誰かをここまで信用したことは、これまでただの一度もなかった。

「そうだよ。きっとびっくりする。おいで」カリードは彼女をあずまやから連れ出し、宮殿の庭を横切った。

　花の香りの立ちこめる中庭を迂回《うかい》し、鮮やかなタイル張りの回廊を抜けて、二人は厩舎《きゆうしや》のある見慣れた広場にやってきた。馬と干し草の香りを感じながら、マギーは顔をしかめた。てっきり結婚後は、私を厩舎に出入りさせたくないのだろうと思っていたのに。

「この中だ」

　カリードが示したのは、マギーが入ったことのない建物だった。彼女が働いていた競走馬用の厩舎より小さめだが、豪華さの点では劣らない。

　カリードは厩務員にうなずいて挨拶《あいさつ》を返し、広い仕切りに近づいた。マギーが中をのぞくと、しっとりと濡れた大きな黒い目が、彼女を見つめ返した。それはみごとなアラブ産の牝馬《ひんば》で、見るからに繊細で機敏そうな顔をしている。マギーが差し出した手に、牝馬は顔をすり寄せて鼻を鳴らした。マギーはごく自然に、淡いミルク色の馬体を撫《な》で、なめらかな感触を確かめた。

「なんてみごとな馬なの」マギーはささやき、もっとよく見ようとそばに寄った。「中に入ってもいいかしら？」

「もちろんだとも」

「ここで育ったの？」馬を撫でながら、マギーは尋ねた。「本当にきれい」

「いや、山岳地帯で育った。二、三日前に来たばかりさ」

「ご自慢の一頭なんでしょうね」

「では、気に入ってくれたのかな？」

「気に入らないわけがないわ」マギーは答えた。

目の前にいるのは、理想の馬と呼ぶにふさわしい一頭だ。人なつこく鼻をすり寄せてくるところを見ると、気立てもよさそうだ。試し乗りができたらどんなにいいだろう。

「あなたの馬を見る目は、そうとうなものね」

マギーは結婚式の日にカリードが騎手の一団とともに披露した技を思い出した。どの騎手もすばらしかったが、カリードはその中でも群を抜いていた。誇り高くハンサムな彼の姿を眺めながら、彼女の心は躍っていた。

「君にそう言ってもらえて、うれしいよ」その声には、ぬくもりと愛情が感じられる。「その馬は君のものだ」

「え？」マギーははじかれたように振り返り、彼の目を見た。そこに映った熱っぽい輝きに気づいて、彼女の手足は震えた。ゆうべの記憶がどっとよみがえる。カリードの情熱。マギー自身の奔放な反応。

「アフラーは君のものだ。僕から君へ、結婚の贈り物だよ」

「私のもの？」マギーは耳を疑った。この馬を私にくれるというの？　見るからにすばらしいこの馬が、私のもの？

「たったいま、そう言っただろう？」

マギーは言葉を失い、夫を見つめた。何か言おうと口を開いたが、言葉が見つからない。

「マギー？」カリードが心配そうに顔をしかめた。

「どうかしたのか？」

マギーはかぶりを振り、唇を噛みしめた。感情がこみあげ、胃がねじれるように痛んだ。彼女はこれまでただの一度も贈り物をもらったことがなかった。誕生日も、クリスマスも、父のもとでは普段の日と変わらなかった。もっと幼いころには、おそらく贈り物もあったのかもしれない。でもそのころの記憶はぼんやりとして、自分でもよくわからない。

　そのことを、カリードに話す気にはなれなかった。惨めすぎて、とても言えない。

「なんでもないわ」声がひどくかすれたので、マギーはもう一度言い直した。「ありがとう、カリード。最高の馬だわ」

　このまま彼の腕に飛びこんでキスを浴びせ、思いを伝えられたなら。マギーは心から願ったが、カリードが腕を広げる気配はなく、彼女自身も長年の習慣を捨てることはできなかった。

「アフラー、だったかしら？」

　カリードは彼女の目を見つめたまま、うなずいた。

「白い毛の色にちなんでね」

「すてきな名前だわ」マギーはつぶやき、一歩前に踏み出した。この贈り物が私にとってどれほどの意味を持つか、彼に伝わるといいのだけれど。「すてきな馬だわ。ありがとう」

　カリードの顔を一瞬何かの表情がよぎった。ゆうべ彼女を繰り返し抱いたときと同じ情熱の炎が、ちらりとその目に映った。マギーの体はたちまちとろけはじめた。

「妊娠中の乗馬については、医師に相談してからになるが、たとえ出産後まで待つことになっても、アフラーはずっとここにいるから」カリードは少し間を置いた。「君にとって、いろいろな状況が大変なのはわかっている。仕事をあきらめることも、国を離れることも、新しい生活を始めることも。できれば君には、ここで幸せになってもらいたい」

　アフラーのなめらかな体を撫でながら、マギーは胸がいっぱいで、息がつまりそうだった。彼は本当に私を気にかけてくれているんだわ。アフラーが私のものだなんて、おそれ多い気さえする。これ以上の贈り物は、とても考えられない。

「ごめんなさい。私は何も用意していなくて」彼への贈り物についてまったく思い至らなかったことが悔やまれる。

カリードは片手を差し出した。マギーがそこに手をあずけると、カリードは彼女を引き寄せた。彼の香りとぬくもりに包まれ、体がたちまち反応する。

「贈り物などいらない」彼はささやき、もう一方の手でマギーのおなかをそっと撫でた。「君のおなかには僕の子がいる。ほかに何を求めるというんだ？」

マギーは凍りついた。誤解の余地などない。彼はいま、はっきりと宣言した。私からは何もいらないと。性的な関係以外の何も。

彼にとって、必要なのは子供だけ。

それはまるで、輝く夏の日差しの下から、氷の洞《どう》窟《くつ》に足を踏み入れたかのようだった。硬く冷たい痛みが、マギーの中でしこりと化した。氷のような寒気が血管をつたい、彼女の全身を震わせる。

気にしてはだめよ。マギーは自分に言い聞かせた。そもそもの最初から、結婚は子供のためなのだから。情熱と優しさあふれる性の喜びは、うれしいおまけ。それだけでも、当初の予想よりはるかにすばらしいのだから。

ではなぜ、これがただの便宜結婚にすぎない事実を突きつけられて、こんなに傷つかなくてはならないの？

10

「君が通っていた学校のことを教えてくれないか、マギー」

「え？」マギーは読んでいた雑誌から顔を上げた。

「学校のことだよ。聞かせてほしいんだ」

僻地《へきち》教育をめぐる新しいプランを練るはずが、居間の向こう側のソファに座る妻のことが気になり、カリードはまったく集中できずにいた。

アフラーは完璧《かんぺき》な贈り物のはずだったのに。マギーの目は喜びに輝いた。めったに見ることのない妻の美しい笑顔を目の当たりにして、カリードは一瞬、息ができなくなったほどだ。

ところが次の瞬間、どういうわけか輝きは失われてしまった。

理由はまったくわからない。マギーは喜びの頂点にいたはずなのに、次の瞬間殻の中に引きこもり、その後ずっと同じ状態が続いている。

「学校の何が知りたいの？」ランプの明かりを映してマギーの目は金色に光り、不審の輝きを放っている。

カリードはデスクから立ち上がり、のびをした。そのさまをマギーがちらりと見たことに気づいて、彼はひそかに悦に入った。性の情熱。その点に関してだけは、二人は確かにつながっている。

カリードはいますぐソファで愛を交わしたくなった。だが肝心なのは、彼女の体ではなく心を手に入れることだ。彼女の警戒を解かなくては。

カリードはソファの方へ歩いていき、マギーの隣に座った。

「君は田舎育ちだろう？」彼は軽い笑みを浮かべた。

「僻地の子供にどうやって教育の機会を提供すればいいか、考えているところなんだ。君の育った場所ではどういうシステムを採用しているのかと思って、ね」

マギーは肩をすくめ、馬術雑誌を閉じた。「特別なことなんて何もなかったわ。ただの小さな田舎の学校よ」

「小さいというのは、どれくらい？　校舎の大きさや巡回教師の数を決めるにしても、選択肢はいろいろだ」

マギーの顔に浮かんだ興味の表情に気づいて、カリードは、しめたと思った。この話題を選んだのは正解だった。彼女に口を開かせ、気持ちをほぐすことができれば、殻を割る方法も見つかるかもしれない。

「巡回教師というのは聞いたことがないけれど」マギーはゆっくりと話しはじめた。「そのかわりオーストラリアでは、長距離授業というのがあるわ。無線やインターネットを利用して、生徒と教師がやりとりするのよ」

カリードはうなずいた。「国全体にインターネットが普及すれば、そういう方法もあるだろうな。君の学校は、どんなふうだった？」

カリードは本当に知りたかった。マギーに対する興味は日増しにふくらんでいく。性的な喜びを分かち合ったとはいえ、彼女についてはまだまだ知らないことだらけだ。

「とても小さくて、クラスはひとつきり。卒業して高校へ行くまで、ひとりの先生が全学年を教えていたわ」

「うまく機能していたのか？」

「それはもう」マギーはうなずき、顔を輝かせた。

「なるほど、おそらく君は、オールAの生徒だったんだろうな」

マギーは首を横に振った。「あいにく、そうでもなかったの」

「それは驚きだな」

マギーはのみこみが早い。アラビア語の授業に熱心に取り組む姿に、カリードはつくづく感心させられている。

マギーは肩をすくめ、手元の雑誌に視線を落とした。「学校は遠かったし、休んで農場を手伝うこともあったから」

「君のお父さんは学校を休ませて娘を働かせていたのか？」シャジェハールではさほど珍しくないこととはいえ、カリードは驚いた。「オーストラリアでは、学校に通わせるのは義務のはずだ」

「そのとおりよ」マギーは苦々しく笑った。「だから父は、お役所に口をはさまれないよう、必要最低限の出席日数は守るようにしていたの」

「なるほど、学校をばかにして、さぼっていると思われたわけだ。思春期には、よくあることだし」

マギーははじかれたように顔を上げた。「思春期どころか、八歳のときからそうだったわ」

八歳だって？　カリードは、そのころのマギーを想像してみた。繊細な顔立ちと、スリムな体。人を惑わす魅惑的な少女だったに違いない。

「父親なら、もっときちんと娘の面倒を見るべきじゃないか」カリードは言葉を抑えることができなかった。体の中で脈打つ怒りの激しさに自分でもとまどった。

マギーはまたしても小さく肩をすくめた。「父からすれば、父親を手伝って農場を守るのが私の義務だったのよ。ほかにやりたいことがあるというのは理解できなかったみたい」

「獣医になりたいと言っていたね」カリードは思い出した。

マギーはうなずいた。「いずれにせよ、無理だったと思うわ。勉強する時間も大学に行くお金もなかったし」

「いまなら、あるさ」

カリードは静かに告げ、マギーの手を取った。それは同情のしぐさのはずだった。けれどほっそりした指に触れた瞬間、彼の胸の中で思いもよらない喜びと満足感が広がった。マギーといると、自分がこれまでよりはるかに地に足のついた充実した存在に感じられる。こんなふうに誰かに個人的な責任を感じるのが久しぶりだからだろうか。

「本気なの？　本当に、ここで大学に通ってもいいの？」マギーの声は興奮に輝いた。「前にあなたが言ったときには、本気だとは思わなかったのよ。あなたと結婚したからには、仕事を持つわけにはいかないだろうと思って」

「確かにフルタイムでは無理かもしれない」カリードは考えながら、慎重に応じた。「公務はどうしても避けられないからね」それにもう何年かすれば、子供の数も増えるだろう。妻との間にさらに多くの赤ん坊が生まれることを思うと、彼の胸は喜びと期待にふくらんだ。「でも君が本当に学びたいなら、獣医になるための勉強をしていけない理由はないんじゃないかな」

「カリード」マギーの目は興奮に輝いている。「すてきだわ。ありがとう」

マギーは彼の手に、もう一方の手を重ねた。彼女のぬくもりがカリードを包みこんでいく。その笑顔を見れば、彼女が幸せを感じているのは明らかだ。こんな簡単なことで、これほど喜んでくれるとは。マギーはやはりめったにいない女性だ。彼女のことを好きになるのも無理はない。カリードは片手を上げて彼女の頬に触れ、美しい顔をそっと撫《な》でた。

「喜んでもらえて、うれしいよ。君には幸せになる権利がある。おそらく君は、お母さんが亡くなったあと、父親には引き取られないほうがよかったのかもしれないね。親戚《しんせき》はいなかったのかい？」

「母は亡くなったわけではないのよ」マギーはささやくように答えた。「少なくとも、私の知る限りでは」

「どういうことだ？」

マギーは視線を落とした。彼女はまたしても肩をすくめたが、そのしぐさに説得力はなかった。「出ていったのよ。私が八歳のとき、ある日家に帰ったら、いなくなっていたの」

残酷な父親のもとに、マギーを残して？

ぎこちない言葉の裏に隠された痛みは、カリードにも伝わった。彼女の味わっている苦味が自分の舌にも感じられた。マギーはきっと何年も苦しんできたに違いない。なのに、彼女の苦しみをやわらげるために、僕は何もしてやれない。

「かわいそうに、マギー」そんな言葉で、いまさらなんの足しになるだろう。しかし彼は言わずにはいられなかった。はたして本人の耳に届いたのかどうか、マギーはどこか遠くを見ているようだ。

「それからずっと、二人とも行方知れずよ」ささやくような声だった。

「二人？」

マギーは顔を上げた。その目に涙はなく、痛みを受け入れるあきらめの色が浮かんでいる。泣いている姿を見るよりつらい、とカリードは思った。彼女の痛みをぬぐってやることができたなら。

「母はひとりで出ていったわけではないのよ。妹のキャシーも連れていったの」マギーは身を震わせ、深く息を吸いこんだ。「でも、私が家に帰るまで待っていてはくれなかった」

「マギー」

カリードは彼女を膝に抱き上げ、ひしと抱き寄せた。マギーを過去の痛みから守りたい。彼は子供をあやすように、ゆっくりと彼女を揺らしはじめた。ハスキーな声で語りかけることで、彼女が心の平和を取り戻す助けになればと願った。

激しく打つ胸に彼女を抱き寄せ、カリードはしだいに癖になりつつあるばらの香りを、いや、マギーの香りを吸いこんだ。

僕には彼女をいたわる責任がある。けれどそれは、責任という感覚とは違っていた。何かもっと、心の底からわき起こるような感じだ。とにかくカリードはマギーが苦しむ姿を見ていられなかった。

「一緒に捜そう」カリードは約束した。

マギーはかぶりを振った。「おそらく無理よ。私も捜してみたけれど、たぶん名前を変えたんじゃないかしら。興信所に頼んでも、だめだったもの」

「では、もっと信頼できるところに頼めばいい。時間はかかるかもしれないが、きっといつかは見つかる」カリードは彼女のやわらかな頬を撫でた。

「ありがとう、カリード」痛みに満ちたため息は、まっすぐに彼の心臓を突き刺した。

マギーにはわかった。カリードの約束は信用していい。彼はいつかきっと、いなくなった家族を見つけてくれるに違いない。そう悟った瞬間、彼女は思いもよらない平和な気分に満たされた。

これは便宜結婚にすぎないかもしれないけれど、カリードは私にかけがえのない約束をしてくれた。しかもそれは、子供のこととは関係ない。こんなにうれしいことは、生まれて初めてだ。

マギーの喉にこみあげるものがあった。

「マギー、大丈夫だよ」カリードがなだめるように言った。

「わかっているわ」マギーは体を離し、頼りない笑みを浮かべた。「あなたを信じているから」

黒い目が彼女を見つめ返し、二人の間を強烈な何かが行き交う。

「家族は大事だからね」カリードはつぶやくように言った。「結局のところ、自分という人間の一部は家族によって形成されているのだから」

マギーはうなずいた。「ええ。そのとおりだわ」

あれだけ父に縛られていたにもかかわらず、マギーはこれまでずっと、自分がたったひとりでこの世を漂う存在のように思えてならなかった。母から話を聞くことができれば、おそらくそういう過去を引きずることもなくなるのではないだろうか。

とはいえ、こうしてカリードの腕の中にいると、自分はすでに新たな人生を歩んでいるのだという実感がわいてくる。たとえ何が待ち受けていようと、未来へ踏み出せる気がする。

「あなたは、カリード？　あなたは家族から、どんな影響を受けたの？」

カリードは彼女の頬を優しく撫で、顔にかかった髪を払った。快感がさざなみとなって体を駆け抜け、マギーは危うく喜びの吐息をもらしそうになった。

「僕は自立の精神を学んだ」カリードの言葉は、マギーを夢見心地な気分から引きはがした。「父はきわめて自分本位な人間で、家庭よりも愛人のことしか頭になかった」

彼の痛みを想像して、マギーは胸を引き絞られる思いがした。けれど誇り高くうなずく彼の姿は、同情は不要だと告げている。

「ある意味、僕にとってはそれでよかった。おかげで、母に無条件に愛されて育ったからね。また伯父のフセインから、責任と義務とシャジェハールに対する熱い思いを学ぶことができた。ある程度大きくなってからは寄宿学校に入った。王位継承者ではなかったので父に期待されることもなく、自由な身の上だったよ」

「じゃあ、さほど気にしていなかったのかしら」私も、もう少し自由でいたかった、とマギーは思った。父と暮らし、なんでもこなせるようにはなったけれど、本当の意味での自立は学べなかった。

カリードは肩をすくめた。「父は亡くなった異母兄のほうがお気に入りだった。兄はひたすら甘やかされ、働くことも、自分の行動に責任を負うことも、求められなかった」彼は笑みを浮かべた。「一方の僕は、自由に我が道を行けばよかった。イギリスで工学を学び、アメリカで経営学を学び、世界各地で開発プロジェクトにかかわって、最終的にこの国で自分の足場を築いたんだ」

カリードの顔は喜びと熱意に輝いている。彼にとって、自分の道を追い求めたそれらの日々は、挑戦に満ちていたに違いない。

「親に見放されても、くじけなかったのね」

カリードはかぶりを振った。「未来は自分で築くものだ」

カリードは当然の権利を主張するように、マギーのおなかに手を当てた。その部分に彼のぬくもりが焼きつく。それでもなぜかマギーは気にならなかった。

彼の熱いまなざしを見ていると、体じゅうに期待の波が広がっていく。夫の情熱を目にするたびに、驚かずにはいられない。

マギーは夫の手に自分の手を重ね、カリードの手のたくましい感触と、おなかに伝わるぬくもりを味わった。

もしかしたら、時を重ねるうちに、単なる便宜結婚よりもはるかに実のある何かを築くことができるかもしれない。

11

「では、検査のためにジェルを塗ります」

技師が腹部にひんやりした液体を塗るのを感じ、マギーは一瞬、身をこわばらせた。

「大丈夫かい？」

「大丈夫よ」カリードの心配そうな様子に、マギーは笑みを浮かべた。「ちょっと冷たかっただけ」きっと彼も同じくらい緊張し、興奮しているに違いない。

「さあ、始めますよ」

　技師が超音波装置を腹部にすべらせると、マギーは息をのんだ。永遠とも思われる長い間、画面には暗い影のようなものが映っているだけだった。そして……いた！　自分の目が信じられずに、マギーはさらに目を凝らした。画面には確かに胎児の姿が映っている。本物の赤ちゃん。ちゃんと生きている。すごいわ！

　私の赤ちゃん。私とカリードの子供が、私のおなかの中で生きている。

　マギーの胸に、優しい気持ちが広がった。心の奥にしみ入るような深い驚きと喜びを分かち合いたくて、彼女はカリードを振り返った。

「カリード、信じられない光景だと思わない？」衝動的に夫に手をのばす。

　カリードは妻の語りかけに気づかなかった。凍りついた表情で、じっと画面に見入っている。

「カリード？」不安が胃を締めつけ、声がかすれる。

　今度は彼も気づき、ゆっくりとまばたきをして振り返った。そのまなざしの激しさに、マギーは思わずぞくっとした。何か……違う。この数週間、少しずつ理解してきたつもりの男性と、何かが違っている。

彼が口元に浮かべたのは笑みなのだろうが、マギーを安心させてくれるたぐいのものではなかった。カリードはそばに寄り、彼女の手を強く握った。このまま永遠に放さないのではないかと思うほど、差し迫ったものが感じられた。

「子供は大丈夫そうかな？」カリードは唐突に技師に尋ねた。「何も問題はないか？」

「はい、陛下。いまのところ、すべて順調です」

奇跡を目の前に、カリードは胸を締めつけられる思いがした。耳元で脈打つ音がとどろき、マギーと技師の会話が遠くに聞こえる。

かつて、自分は一生子供には縁がないのだろうと思っていた。父方のろくでもない血を子孫に伝えることもないと思えば、かえって気が楽だった。

ところがいま、こうして自分の目の前で、小さな胎児が子宮を蹴《け》っている。たった一度の親密な行為で授かった子供。避妊したことを考えれば、確率的にほぼあり得なかったはずの子供だ。

命に代えても、僕はこの子が欲しい。

カリードの中で、何かが痛いほど引き絞られた。いまだ経験したことのない感覚に、彼は心底恐ろしくなった。

八年前にシャヒーナを失ってからというもの、カリードはずっと感情を切り捨てることでなんとか生きながらえてきた。

けれどいま、カリードははっきり悟った。この子を授かり、この結婚に踏みきったことで、僕ははからずもこれまでずっと避けてきた感情的なかかわり合いに身をさらすことになったのだ。

だが、あと戻りはできない。

僕はこの子が欲しい。大事に育て、この子も、この子の母親も、守っていきたい。

胸の中で思いがふくれ上がり、カリードはマギーの手を強く握りしめた。何があろうと、僕は二人の面倒を見る。二人は僕のものだ。

新居に戻る間も、カリードの顔はずっと硬い仮面に覆われていた。まるで不本意な現実に直面した人間のように見える。

赤ちゃんのことを後悔しているのかしら。私のことを怒っているのかしら。

マギーは唇を固く結んで体を引き裂く痛みに耐え、超音波写真の入った封筒を大事に抱え直した。

大丈夫よ。もちろん、大丈夫に決まっている。

カリードがいとこの子供たちと接する姿を思えば、生まれてくる子に愛情を注ぐことは間違いない。彼のように温かく思いやりのある人が、血を分けた我が子を愛さないはずがないもの。

「先に入って」カリードは居間のドアを開け、マギーを中に促した。

「ありがとう」自分の声のぎこちなさに、マギーは顔をしかめた。

彼女は黙って部屋の奥へ進み、ソファのそばで立ち止まった。

「横になるかい？　君は疲れているようだ」

マギーは肩をすくめた。いまの状態を、彼が単なる疲れと受け取ってくれたことがありがたかった。本当はいまにも不安ととまどいが顔に表れてしまいそうだ。「とくに疲れたというほどでもないけれど、少しだるいわ」

「じゃあ、そっとしておくよ」

マギーの耳に、その声はほっとしているように聞こえた。カリードは近づくのを避けるつもりか、離れた場所に立っている。彼女の腕を寒気がつたった。

今朝の彼とは、なんという変わりようだろう。やっぱり、結婚を後悔しているのかしら。子供のことを、後悔しているの？　いいえ、それはあり得ない。少なくとも赤ちゃんのことは、欲しいと思っているはずよ。

マギーはふと、カリードのたくましい腕を求めている自分に気づいた。彼に抱かれて安心したい。カリードのぬくもりと優しさに包まれ、慰めと勇気を得たい。寒さが体の中までしみてくるのを感じ、彼女は腕をさすった。

「大丈夫かい？」

鋭い口調で問われ、マギーは顔をそむけた。体を縛りつけている痛みを悟られたくなかった。

診療所で何が起こったのかは知らないが、とにかく何かが変わった。マギーはまたしても自分がひとりで漂い出すような錯覚にとらわれた。

「もちろん、大丈夫よ」

マギーはあわてて居間の奥の書斎コーナーへ歩き出した。

「この写真、しばらくここに入れておいてもいいかしら」沈黙を埋めたくてしゃべりつづける。「近いうちに、アルバムを買うわ。赤ちゃんの写真をたくさん貼《は》れるように、大きなアルバムをね。それまでは、ここに入れておいたほうが、曲がらないと思うから」

マギーはいちばん上の引き出しを開けた。ペンや定規など、さまざまな文房具が入っている。

その引き出しを閉め、次の引き出しを開けると、メモ帳と、やわらかな革で装丁された書物が入っていた。ここのほうが安全だわ。

マギーは書物を持ち上げ、大切な写真を下に入れた。「ほら、これでいいわ。明日、アルバムを買ってくるわね」デスクの向こうでカリードが立ち止まるのを感じ、彼女はそちらに笑みを向けた。

同時にマギーは、自分の手にしているものが、本ではなく、革製のフォトフレームだということに気づいた。彼女はフレームの輪郭とガラスカバーを指でなぞり、無意識のうちに表に返した。カリードが動きかけて、ぴたりと止まる。マギーは彼が拳《こぶし》を握りしめるさまに気づいた。首筋の血管が激しく打っているのが、この距離からでもはっきりとわかる。目は暗くうつろだ。

　視線を手元に移した瞬間、マギーは音をたてて息をのんだ。

　そこに写ったカリードは、若かった。信じられないほど若くて、ハンサムで、おとぎばなしに出てくる王子さまのように光り輝いている。そして、とびきりの笑みを浮かべている。マギーは息が止まるのではないかと思った。こんなふうに心から幸せそうに笑う彼を、まだ見たことがない。

　写真の中の彼の顔を、マギーはぼんやりと指で撫《な》でた。ガラスがひんやりとして冷たい。

　カリードが歩き出したのと、彼女が尋ねたのは、同時だった。

「彼女の名前は？」

　マギーから少し離れた場所で、カリードはぴたりと止まった。それでも彼女は顔を上げなかった。マギーの視線は、写真の中でカリードを見上げてほほ笑んでいる女性に釘《くぎ》づけになっていた。ややあって彼女ははじかれたようにフレームを放し、かわりにデスクの端をつかんだ。

「シャヒーナだよ。結婚式の写真だ。十年前のことだ」感情のこもらない声だったが、声ににじんだ痛みは聞き逃しようがない。

　マギーは重い金属の扉が音を響かせて閉まるのを聞いたような気がした。それともいまのは、私の心臓の音かしら。

　どちらでも同じ。真実は一目瞭然《りょうぜん》だわ。カリードは心の底から、全身全霊で花嫁に恋をしていたに違いない。

下唇を噛《か》みしめると、血の味がした。私との結婚とは、なんと違っていることか。まわりのみんなも、気づいていたのかしら。国王の今回の結婚は愛のためではなく責任を果たすためだ、と。

もちろん、気づいていたに決まっている。誰が見ても明らかだ。

ひどい勘違いだ。カリードが妻はもういないと言ったとき、私はてっきり、彼の顔に浮かんだのは嫌悪感だと思っていた。彼がひどく怒っているように見えたので、きっと離婚したのだろうと早合点していた。いまならわかる。あれは、私の質問がこたえたので、感情を抑えていただけ。きっとシャヒーナのことをあれこれ思い出したに違いない。

「ずいぶん若かったんでしょうね」マギーの声は震えた。

「僕は二十歳《はたち》。彼女は十八歳。幼なじみで、お互い生まれたときから知っていた」

きっと多くを分かち合っていたのね。

「なんてきれいな人かしら」マギーはささやいた。

私とは似ても似つかない。小柄で女性らしい体つき。黒い瞳と豊かな黒髪。整った美しい顔立ち。人形のような愛らしい姿をここまで光り輝かせているのは、彼女の笑顔が物語る心からの幸せにほかならない。

嫉妬《しっと》の針がマギーを刺した。いいえ、容姿のせいではない。シャヒーナは私には一生望めないものを手にしていた。カリードの愛を。

カリードが示してくれる優しい気遣いや友情、情熱。私はそういったものに浸り、うっとりしていた。でもいま気づいた。私は浅ましくも、それ以上を求めているんだわ。

マギーは引き出しを閉め、デスクに寄りかかった。もう充分。心臓が痛いくらいに胸をたたき、あざになるのではないかと思うほどだ。

「彼女はいつも精いっぱい生きていた」カリードの声は淡々としていたが、言葉の奥の痛みはマギーにも伝わった。

「何があったの？」マギーはうつむいたまま尋ねた。彼と目を合わせて、そこに映る思い出を見る気にはなれない。

　カリードが近づいてきた。彼はデスクの正面まで来て立ち止まり、窓の外を眺めた。

「シャヒーナは子供のころから重い喘息《ぜんそく》を患っていた。彼女の両親は、娘は大人になるまで生きられないだろうと医師に言われていた」

　続く言葉を思い、マギーは胸を締めつけられた。

「それでも薬と治療で、症状はずっとコントロールできていた。だがあるとき、首都から遠く離れた場所で、発作が起きたんだ」

　カリードが深く息を吸う音が、マギーにも聞こえた。

「あまりに突然だった。薬をのんでも効かなかった。すぐにでも病院へ運ばなければならなかったのに、間に合わなかった。父が要人たちをもてなすために砂漠でのピクニックを思いたち、救急用のヘリまで出動させていたんだ」

「かわいそうに」マギーはささやいて顔を上げたが、カリードの険しい表情を見れば、その言葉が適切でないことはわかった。

「昔の話だ。もう八年になる」

　でも、まだ悲しみは癒《い》えていないのだ。だからカリードはいつも、最後の部分で自分を抑えているに違いない。

　マギーは苦い痛みをのみ下した。かわいそうなシャヒーナ。そんなに若くして死んでしまったなんて。かわいそうなカリード。前の妻の死を、ずっと乗り越えられずにいるなんて。かわいそうな私。シャヒーナのかわりが私に務まるはずもない。カリードにとって、私は一生、不充分な代理の妻でしかないんだわ。

嗚咽《おえつ》がこみあげそうになり、マギーはデスクの端を握りしめた。ありったけの意志の力で、彼女は泣くまいとこらえた。

カリードはけっして私に愛を誓ったわけではない。けれど、彼が与えることのできるすべてを与えてくれている。私は感謝するべきなのだ。

とはいえ、自分の気持ちを偽ることはできなかった。形だけの妻になどなりたくない。激しい抵抗が頭をもたげると同時に、マギーははたと気づいた。私は彼を愛している。誇り高く、高潔な魂の持ち主である彼を。私に優しさと喜びを与え、責任を果たすために結婚したにもかかわらず、かつてない幸せを味わわせてくれた彼を。

「どこへ行く？」

カリードに尋ねられ、マギーは我に返った。

マギーは足を止め、彼の目を見なくてすむように、少しだけ顔を振り向けた。「厩舎《きゅうしゃ》よ。きょうはまだ一度もアフラーに会っていないから。子供たちも来る予定だし」

「そうだった。僕も行くよ」

カリードに手を取られ、マギーは顎を上げて心の痛みを隠した。その一方で、気まぐれな喜びがわいてくるのを抑えられなかった。

12

カリードがオフィスを出て廊下を歩きはじめると、突然女性たちの笑い声が聞こえてきた。

カリードは驚いて足を止め、わずかに開いたドアから中の様子をうかがった。部屋の中は、色鮮やかな鳥さながらに華やかな伝統衣装をまとった女性たちで埋めつくされている。

焼き菓子とお茶を囲んで座る女性たちの様子を、カリードは観察した。そして、琥珀《こはく》色のシルクをまとった女性に目を留めた。ゆうべその豊かな体を抱きしめたときのことが思い出され、欲望がくねりながら体をすり抜けた。

マギーはアラビア語で話している。ゆっくりとした発音ではあるが、よどみない。

「私のつたないアラビア語を辛抱強く聞いてくださって、ありがとうございます」

またしても笑いの渦が広がるとともに、王妃さまはなんと言葉を覚えるのが早いのだろうと、あちこちで称賛の声があがった。

カリードはマギーの姿に見入った。アラビア語の上達ぶりは知っていたが、これほど堂々と話す姿は初めて見た。

「私にとって、みなさんの言葉で話せるようになるのは、とても重要なことです」マギーは熱心に言った。「なぜなら、いまではこの国が私の母国だからです。そして、将来大学へ行くときに、授業がわからないと困るからです」

女性たちが、矢継ぎ早に質問した。女性が大学で学べるのですか？　つき添いは必要ですか？

役人の助けを借りながら、マギーはそれらの質問に答えた。数週間前にカリードに提案していた、遠方の学生を対象とする奨学金にも言及した。

「したがって、いずれはみなさんの子供も、大学で学べるようになるでしょう。けれどそのためにはまず、新しく建てられる学校へ通わなくてはなりません」

女性たちの間にざわめきが起こる。彼女らは男たちが娘を学校へやりたがらないことなどを口々に訴えた。

そのときマギーの目がこちらに向き、カリードの姿を認めた。驚きで唇が丸く突き出し、頬がみるみる赤く染まっていく。その光景は、たちまち彼の欲望に火をつけた。すると、ほかの女性たちが振り返り、会話がぴたりとやんだ。カリードはあわてて、みんなから見えないところまで下がった。彼がいては女性たちがくつろげないだろう。

マギーが主催する非公式の座談会は、学校建設をめぐって村人たちの支持を取りつけるにあたり、カリードの公的努力よりもはるかに多くの成果を生んでいる。

だがそれより、カリードが気になったのは、彼の姿を目にしたとたんマギーが完全に殻に閉じこもってしまったことだった。最近ではすっかり板についた仮面のような表情で、ほんの一瞬前まで生き生きと輝いていた表情を完全に覆い隠してしまったのだ。

ほかの人の前では声をたてて笑うのに、僕にはいっさい、そういう姿を見せようとしない。

カリードの胸にいらだちがこみあげた。僕はなぜこのように疎外され、他人のような扱いを受けなければならないのか。例外はベッドの中だけだ。そう、ベッドの中では、マギーは息吹を取り戻す。僕の腕の中で束縛を解かれ、魅惑の女性に変身するのだ。

とはいえ、近ごろではそこに至るまでにも時間をかけて説得しなければならない。以前のように、彼女が自ら身をゆだねることはなくなった。

先日、昔の結婚式の写真を見たときに、カリードは思い知った。シャヒーナとの愛は確かに本物だったが、僕にとってはすでに色あせた思い出と化してしまった、と。僕はもっと自己本位で欲深く、この先も生きていくために、思い出以上のものを求めている。

「カリード」マギーが息を切らし、追いかけてきた。

アバヤの贅沢《ぜいたく》な生地が、丸みを帯びたおなかを、やんわりと映している。マギーは日増しに魅力的になっていくようだ。カリードの下腹部に力がこもった。彼女のことは、いくら抱いても抱き足りない。かすかなばらの香りと温かな女性の香りが、彼の鼻をくすぐった。マギーが手を隠す前に、彼はすばやくその手を握った。

「カリード？」

張りつめた声だ。僕に会っても、うれしくないのか。

カリードは眉間《みけん》にしわを寄せ、彼女の手を引いて、広い廊下をオフィスへと戻った。

部屋に入ると、マギーは二、三歩進んで立ち止まり、腰のあたりをさすって、のびをした。

豊かな胸とおなかの部分で布がぴんと張るさまに気づき、カリードはたちまち欲望を刺激された。マギーのしなやかな体はもとより魅力的だったが、こうしてひと目で妊婦とわかる姿になったいまは、退廃的なまでにしっとりとした美しさが感じられる。そのおなかの中で、僕の子供がどんどん大きくなっているのだ。

カリードの脈が速くなった。

「おいで」彼は手を差し出した。「君に見せたいものがある」

あずけられた手の感触が心地よかった。なんと小さな手か。けれども、なんとしっくり感じられることだろう。

「ほら、学校の設計図だ。さっき届いたので、君にも見せたいと思って」カリードは会議用テーブルの方へ行き、筒状に丸められた紙を広げた。「スペースに余裕を持たせてあるだろう？　週に二回看護師が通う形で、試験的に母子診療をやってみるつもりだ」

「本当？」マギーは身を乗り出し、マホガニーのテーブルに手をついた。「私たちが推していたプランね。きっとみんな喜ぶわ。建設予定地はどこ？」

　質問に答えて地図を指さしながら、カリードは妻の喜ぶ姿をうれしく感じる一方で、それが国家プロジェクトの青写真のせいにすぎないことが悔しかった。彼は目を閉じ、体を押してくる温かな感触と、芳醇《ほうじゅん》な女性の香りを味わった。

　マギーが欲しい。いま、この場で。

　カリードは彼女の体をそっとなぞり、引き締まったヒップの上で手を休めた。

　マギーの体が凍りついた。彼女は前に身をかがめ、テーブルに腕を立てて上体を支えた。「カリード、何をしているの？」彼女は鋭く制した。

「君が欲しい」その声には差し迫った欲望がにじんでいる。カリードはマギーの後ろに立ち、ぴったりと体を合わせた。それから、彼女の耳の後ろの感じやすい部分に舌を這《は》わせ、うなじに濃厚なキスを浴びせた。

「やめて！　いまはいや」身を硬くしながらも、マギーは喜びに息をのんだ。

「いや、いまだ」

「そうやって、なんでも自分の思いどおりにするというの？」

　いつになく辛辣《しんらつ》な彼女の口調に、カリードは動きを止めた。本当にいやなのか？　彼は平手打ちを見舞われた思いがした。この熱い火花を感じているのは、僕だけだと？　これまでただの一度も、マギーは僕を求める気持ちを偽ることはなかったはずだ！

　カリードが彼女の胸にそっと触れると、先端が硬くなるのがわかった。続いて耳元に舌を這わせると、マギーは身を震わせた。

「これでも、いやだと言うのか？」

「私は……」

　カリードはシルクのアバヤをめくり、レースの下着に片手を忍ばせた。マギーの全身に震えが走るのを感じながら、彼は甘美な曲線をなぞった。

「なんだい、マギー？」逃れようとする彼女を、カリードは容赦なく押しとどめた。「いやならいやと言えばいい。そうしたらやめるよ」

　ふくれ上がる欲望のせいで、体が硬く張りつめている。かつて、これほどの欲望にとらわれたことがあっただろうか。彼女が欲しくてたまらず、体がうずいて、いまにも自分を抑えられなくなりそうだ。

「カリード、お願いよ、私は……」

　カリードの手がふくらんだ腹部を撫《な》で、ふたたびレースの中にすべりこむと、マギーの言葉は吐息と化した。彼の手は、そのまま脚の付け根を目指した。彼女が全身を震わせるのを感じて、カリードは笑みを浮かべ、耳たぶを優しく噛《か》んだ。そうとも。少なくともこの点に関しては、彼女も殻に閉じこもることはできないはずだ。

「言うんだ」かすれた声で、カリードは命じた。「僕が欲しいと言うんだ」

「私は……ええ、カリード、あなたが欲しいわ」それは欲望のため息にほかならなかった。

　彼女の告白に報いるべく、カリードは耳元の感じやすい部分をそっと噛み、その手をさらに下へすべらせた。

　二人はかつてないほど、深く、強く、愛し合った。自らの体と魂にマギーが入りこんでくるのを、カリードはなすすべもなく受け入れた。

　彼はそれを拒みたいとは思わなかった。

「改めて、ご結婚おめでとう。すばらしい女性をお選びになりましたな」

　カリードが隣国の国王オスマンの視線をたどると、接待の間の反対側で、マギーが石油会社の重役と話しているところだった。

「ありがとうございます、オスマン国王」

　物欲しそうな目つきでマギーを眺めるオスマンを、できることならカリードは部屋から引きずり出してやりたかった。自分以外の男性に妻をそのような目で見られるのは我慢がならない。相手がオスマンのように好色な堕落した老人だとなおさらだ。

「奥方とは先ほど話をしましたが、実に良識ある女性だ。人の話に耳を傾けるべきときと、自分が口を開くべきときを、きちんと心得ておられる」オスマンはまじめな表情でカリードを振り返った。「あなたは幸運なかただ。どれだけ幸運か、おそらく、ご自分でも気づいておられないのではないかな」

　カリードは意表を突かれた。いつも女性の外見的な美しさにしか興味を示さないオスマンに、そのような洞察力があろうとは思ってもみなかった。

「まったくもって同感です」妻の方を見ながら、カリードは応じた。「おそらく、これ以上の妻は望めないでしょう」

　しかしカリードの胸の内では不満が頭をもたげつつあった。確かにマギーはよき片腕であり、魅惑の恋人であり、もうじき彼の子供の母親になる。けれどいまの状態では、何かが足りない気がした。僕が求めているのは、こんなよそよそしい関係ではない。僕はもっと……。

　カリードの頭に、シャヒーナと分かち合った幸せの記憶、彼女との親密な関係がよみがえった。彼ははたと気づいた。僕はそれを求めていたのだ。本当の結婚。本当の関係。無言の境界によって線引きされた、便宜上の取り決めではなく。

　シャヒーナとの結婚の色あせたイミテーションではなく、マギーと僕の、特別な結婚。

　カリードはあらゆる意味において夫婦になった二人の姿を思い描いた。彼はもう何年もの間、感情的なかかわり合いから、いっさい身を遠ざけてきた。しかしこうして、部屋の向こう側で伯父夫婦や外交官たちをすっかり魅了しているマギーを眺めていると、現在のようなうわべだけの関係で自分が満足できるはずのないことが、よくわかる。

　僕が強引に立入禁止区域に足を踏み入れたら、どうなるだろう。自分のすべてをさらけ出したら。そうしたらマギーも僕を心から信頼し、本当の自分を見せてくれるだろうか。

　カリードは突然、矢も盾もたまらず確かめたくなった。

　もう無理だわ。これ以上はとても続けられない、とマギーは思った。

　ずっと慇懃《いんぎん》な笑みを浮かべていたせいで顔の筋肉が痛んだが、それさえも胸の痛みに比べればなんでもなかった。

　歓迎会の間、マギーはずっと、肌を火であぶるようなカリードの視線に耐えていた。考えこむようなまなざしと、そこにひそむ熱い炎を見せつけられ、体の奥で火花が散った。

　だからといって、体の関係だけではもうやっていけない。

　この数カ月というもの、マギーは自分なりに努力してきた。愛のない結婚という運命を受け入れ、自分の思いが報われることはないのだと知りつつも、精いっぱいがんばってきた。でも、カリードはいまもシャヒーナを愛している。

亡霊と張り合うことはできない。私はもう、がんばることに疲れてしまった。これ以上、代用品でいることには耐えられない。愛のない情熱など、むなしい嘘《うそ》にすぎない。

「おいで、マギー」

ぬくもりのこもったカリードの声が、耳元で響く。彼はマギーの腕を取り、引き寄せた。

「そろそろ休もう」

マギーの気まぐれな体は、たちまち期待にざわめいた。接待の間を見渡すと、いつの間にか、そこにいるのは使用人だけになっている。

二人の居住棟まではさほど距離があるわけではないが、マギーには一歩一歩が拷問に感じられた。愛する男性にぴったり寄り添われ、夢見心地にさせられる一方で、自分がもはや、このような茶番に耐えられないこともわかっている。

居間に入ると間もなく、マギーは身震いして立ち止まり、腕をほどいた。カリードの驚いた表情には気づかなかった。

「マギー、どうかしたのか？」

マギーはカリードを見上げた。彼は今夜も互いのルールに従い、ずっと一定の距離を保っていた。私がどんなにベッドで応《こた》えても、彼の世界に合わせようと努力しても、彼は変わらない。この距離が縮まることはないのだ。

私の両親も、こんなふうだったのかしら。どちらか一方だけがもう一方を愛し、それで二人は別れたの？

カリードと分かち合ったいくつもの親密な行為がよみがえり、マギーの胸をかき乱した。私は彼に身を売ったんだわ。おなかの子に安定した暮らしを与えるために。欲望から愛がめばえるのではないかという、むなしい希望のために。

でも、それももうおしまい。いいかげんに、地に足をつけなくては。いまの状態に甘んじている限り、私はけっして不幸から逃れられない。

「このまま眠りたいの。隣の部屋を使うわ」

カリードの眉が上がった。「そんな必要はない。君が休みたいなら、僕も今夜は邪魔しない」その声には、ありありと非難がうかがえる。

マギーは彼の顔を視線でなぞった。いつもと同様、体の奥で欲望が頭をもたげる。もしかして、この欲望は永遠に変わらないのだろうか。

不安を振り払おうと、マギーはあわててかぶりを振った。「ひとりで眠りたいの。これからずっと」

カリードが目の前に立ちはだかった。尊大な表情からして、彼女の言葉を信じていないのは明らかだ。

「おなかが大きくなって不都合が出てきたなら、そう言えばいい」その声は怒りに満ちている。「べつに強要するつもりはない。僕は人食い鬼でもなんでもないんだ」

そのとおり。あなたは善良な人。でもこのままでは、私はだめになってしまう。魂をむさぼり食われ、空っぽになってしまう。

「おなかのせいではないのよ、カリード。私自身の気持ちなの。私はもう、あなたと性的なことをしたくないの」嘘よ！　心の中で別の声が叫んだ。これからだって、ずっとしたいに決まっているわ。

同じ声を彼も聞いたかのように、カリードは不審そうに目を細くした。

「もう、あなたのことは欲しくない」自分の気が変わらないうちにと、マギーはあわてて言葉を継いだ。

「これ以上、こんな結婚は続けられないのよ」

カリードは信じられない思いで、マギーを見つめた。彼女が指の間からすり抜けていくのは感じていた。だがまさか、事態がここまで深刻だとは気づかなかった。なんの心の準備もできていない。もう僕のことは欲しくないだって？　まさか、あり得ない。それだけは絶対に嘘だ。

「とても本気とは思えないな」彼女は僕のものだ。絶対に手放すものか。

「いいえ、本気よ」

抑揚のない穏やかな声も、うつろな目も、本気であることを告げている。マギーは衝動でものを言っているわけではない。本当に、心からそう思っているのだ。

痛みの刃《やいば》が、カリードの胸を突き刺した。彼は開いた足に力をこめ、ぐらついた体を支えた。

怒りとプライドがこみあげる。

「君は忘れているようだが、僕たちは夫婦だ。シャジェハールでは、王の離婚はあり得ない。君は僕のものだし、これからもずっと僕のものだ」心臓が鳴り響き、自分の声が遠くに聞こえる。「どこへも行かせるわけにはいかない」

「この国を出ると言っているんじゃないわ。自分が何にサインをしたかはわかっているし、簡単に逃れられないこともわかっているもの」

何にサインをしたかだって？

本当に、もう僕を求めてはいないのか？　もしかすると、本当は僕に心を寄せてくれているのではないかと感じることさえあったのに、それも僕の思い上がりにすぎなかったのか？

「では、どうしようというんだ？」

マギーははじかれたように目を開き、それからまっすぐに彼を見つめた。「息をつけるスペースが欲しいの。もっと距離を置きたいのよ。世間的には、これからもあなたの妻でいるわ。でも、夫婦として暮らすのはいや。子供のことは、お互いに納得のいく形で育てていきましょう。王族の一員としての務めも果たすわ。でも……」

「夫婦のベッドはお断りというわけか」

カリードは、腹部に広げられたマギーの手に気づいた。

僕の怒りから、子供を守る必要があるとでも？

あまりのおぞましさに、彼は思わずあとずさった。

「なぜだ？」

マギーはずっと黙っていた。カリードは自分の神経が張りつめ、切れてしまうのではないかと思った。そのとき、彼女はようやく口を開いた。

「この結婚は、もともと本当の結婚ではなかったわ。便宜結婚にすぎなかったはずよ。だから、そのとおりにしたいだけなの」マギーは言葉を止め、息を吸いこんだ。「ずいぶん時間がかかったけれど、ようやく悟ったの。愛の伴わない行為はしたくない、と」

13

「あとどれくらいで着きそう？」

二人は学校建設に向けた合意づくりの一環として、山岳地帯にあるひとつ目の村を訪問し終え、次の村を目指す前に、近くの城へ向かうところだった。

「直線距離にすればそう遠くないが、道なりに行くと、あと二十分はかかるかな」

沈黙がたれこめる。いつもと同様、会話は短く、ぎくしゃくとしていた。

二日前にマギーが寝室を分けたいと宣言したとき、彼女の顔はぞっとするほど穏やかで、感情がいっさいなく、まるで人形のようだった。

〝愛の伴わない行為はしたくない〟頭にこびりつい

たその言葉は、カリードの中で何度も繰り返しこだました。

確かに愛は、取り引きには含まれていなかった。けれどこうして、彼女に愛されていない事実を突きつけられると、胸の奥の痛みとむなしさを噛《か》みしめずにはいられない。

マギーはいま、精神的に追いつめられているのだ。妊娠に加え、慣れない異国での新しい生活。王族としての務めや、さまざまな決まり。彼女には気持ちを整理する時間が必要だ。その思いだけが、カリードをかろうじて支えていた。

いまは時間を与えるしかない。子供が生まれるころには、状況も変わっているだろう。そう、必ず変えてみせる。

空高く輝く太陽の下、車は峡谷にかけられた狭い橋を渡り、城を目指した。それは暗く不気味な雰囲気の漂う堅固な要塞《ようさい》で、眼下の谷と山越えの道を一望できる位置にある。

「王妃にお茶を。小さいほうの居間へ運んでくれ」

出迎えた執事に、カリードは命じた。

マギーは夫に導かれるまま、黙々と歩いた。

「さあ、座って。お茶でも飲めば、疲れも取れる」

マギーは彼の差し出した椅子に腰を下ろした。体じゅうの骨が痛み、ひどく年をとった感じがする。

「ええ、ありがとう」軽く応じたものの、実際には胃に何かを入れることを考えただけで胃液がこみあげそうだった。

沈黙が支配する。刻一刻と互いの距離が広がり、溝を埋めるのがますます難しくなっていく。

マギーは大きな窓を振り返り、眼下に広がるいくつもの谷を眺めた。「すばらしい眺めね」

カリードは黙っていたが、急に立ち上がるなり、彼女の手を取って膝にのせた。「晴れた日には、何百キロも先まで見渡せる」

　きょうはあいにく、ここへ着いたときから地平線には雲がかかっている。晴れた日にもう一度彼とここへ来ることはあるのかしら、とマギーは思った。

「僕は仕事があるから、君はその間ゆっくり休むといい。次の村へ出かけるまでには戻る」

　カリードは言い残して部屋を出ていき、がらんとした贅沢《ぜいたく》な居間に、マギーはひとり取り残された。古い要塞には側近たちが大勢待機しているはずだが、あたりはしんと静まり返っている。彼女のほかには誰もいないと言われても、容易に信じられそうだ。

　一時間が経過した。マギーは依然としてひとりだった。執事が二杯目のお茶を運んできた。甘い香りに胃がむかむかするのを感じ、彼女は意を決して立ち上がった。

　村人が待っているんですもの。期待を裏切るわけにはいかない。これ以上ここに座って、行きづまった結婚についてあれこれ考えていたら、気が変になってしまいそう。

「夫はどこかしら」

　マギーは執事を振り返った。彼女の単純な質問に、彼は驚いたようだった。

「フセイン殿下とお話し中でございます」

　よかった。カリードの伯父さまなら、たぶん話の途中でも気になさらないわ。

「場所はどこ？」執事がためらっているので、マギーはつけ加えた。「急ぎの用なのよ」

「シャヒーナさまのお庭でございます」彼は早口に答えた。

　心の中に閉じこめていた氷が音をたてて割れ、マギーの全身にぞっとするような寒気が広がった。シャヒーナの庭？　そこでわざわざ、大切な仕事の話を？

「案内してちょうだい」

マギーが部屋のドアへ向かったので、執事はしかたなくついてきた。石造りの回廊を歩きながら、彼女はさりげなく尋ねた。

「庭のお花は、シャヒーナ妃が植えたものなの？」

「いいえ、庭は陛下が、その後……」執事は哀れなほど居心地悪そうに答えた。

アーチ型の扉をくぐりながら、マギーはよろめいた。赤ん坊が蹴《け》るのを感じておなかに手を当てる。

「王妃さま？　大丈夫でございますか？」

マギーは体を起こした。「ええ、ありがとう。まだ先かしら？」

執事はかぶりを振った。「まっすぐ行ってあちらの扉を抜けますと、一番目の中庭がございますので、その次の扉を抜けて、すぐでございます」

「どうもありがとう」マギーは形だけの笑みを取りつくろった。「あとは自分で捜せると思うわ」

執事が去り、廊下が静まり返るのを待って、マギーは先へと進んだ。

ひとつ目の扉を抜け、敷石のぬくもりを足元に感じたそのとき、さまざまな花の香りがどっと押し寄せた。淡紅色のばらやジャスミン。それらの香りは、身重の体にはきつすぎる。次の庭に通じるアーチ型の扉の手前で、マギーは石の壁に片手をついて立ち止まり、吐き気がおさまるのを待った。

まもなく、話し声が聞こえてきた。カリードの低い声に吸い寄せられ、マギーはさらに入口に近づいた。庭の奥に、二人の男性の姿が見える。

「マギーには、正直に話すべきだと思わないか？」カリードの伯父フセインが言った。

「どうするのがいちばんかは、わかっています。伯父上はおわかりにならないから、そのような……」

「わかっているとも。私は、おまえとシャヒーナが一緒にいる姿を見ているのだよ。そして、おまえがマギーといる姿も見ている。おまえの気持ちはわかるとも」

「僕の気持ちなどどうでもいい。僕だって自分が何をしているかくらいは承知しています」

膝の力が抜けていくのを感じ、マギーは壁に寄りかかった。なんと攻撃的な、絶望に満ちた声。

「彼女はシャヒーナではない」フセインの静かな声が響いた。「それは、覚えておかなくてはな」

「僕が気づいていないとでも？　彼女を見るたび、彼女に触れるたびに、違いを噛みしめていますとも」カリードは乱暴に腕を突き出し、急に体の向きを変えて歩き出した。

マギーはよろめくように、扉のそばを離れた。動揺のあまり、ばらの枝にスカーフが引っかかったことにも気づかなかった。

カリードがあんなにはっきりと口にするなんて。これ以上とても聞いていられない。

マギーは片手で石の壁をつたい、もう一方の手でおなかを支えながら、よろよろと中庭をあとにした。ここを出なければ。どこか息のつけるところへ行かなければ。

おぼつかない足取りで扉を抜けていくと、いつの間にか城の正面広場に出た。四輪駆動車がずらりと並んでいる。

マギーは腕時計に目をやった。約束の時刻に間に合わせるには、いますぐ出発するしかない。でもカリードは……。心臓はいまも、痛いほどに胸をたたいている。彼はきっと約束を忘れているに違いない。誰か一緒に行ってくれる人を探すべきかしら。でも、あれこれ気を遣われるのは、もうたくさん。

次の村までは十五分程度の距離だし、悪路の運転には慣れているもの。少なくとも、王妃になるまでは平気だったわ。

行く先はカリードも知っているはずだから、心配することもないでしょう。

マギーは、門のいちばん近くに止まっている車へ向かった。三分後、エンジンが首尾よくうなり出した。彼女はただちに車を出し、狭い橋を渡って、山道に出た。

四キロほど走ったところで、分かれ道が目に入った。息苦しい城から逃れられてほっとしながら、マギーは道を曲がった。あれはカリードとシャヒーナの城。あそこでは、私は邪魔者でしかない。

見通しの悪いカーブを曲がった次の瞬間、マギーの心臓は飛び出しそうになった。数メートル先を、二匹のやぎが横断している。彼女は急ブレーキを踏み、悪態をついた。車輪の回転が止まり、車が砂利の上を横すべりした。けれどマギーの反応は鈍く、ハンドルを握る手はもどかしくすべった。

車が道路の端に至るまでの時間が、信じられないほど長く感じられた。必死にハンドルと格闘するマギーに、深い溝と切り立つ岩が迫った。

まさか、そんな。

衝撃とともに歯と歯がぶつかり、マギーは前方に投げ出されて、体を強く打ちつけた。我が子を守ろうと、彼女は懸命におなかをかばった。

ぞっとするような甲高い音を響かせて、岩が金属を引っかいた。車は半ば引っくり返った状態で溝をすべっていく。

耳をつんざくような金属音が、ようやくやんだ。どしんという衝撃とともに、車は硬い岩の突起部にぶつかり、四十五度に傾いたまま停止した。

マギーは力を奮い起こし、エンジンのスイッチを切った。あたりは静寂に包まれ、熱した金属のきしむ音と、彼女自身の荒い息遣いしか聞こえない。マギーは痛みと、気を失いそうになる感覚と闘った。

そしてふと、おなかの赤ん坊がまったく動かないことに気づいた。

恐怖と罪悪感がこみあげる。ひとりで来るのではなかった。運転に自信があろうと、悪路に慣れていようと、そんなことは関係ない。涙があふれ、目の奥が焼けるように熱くなったが、マギーはぐっとこらえた。脱出しなくては。いますぐに。

　マギーは頭上のドアに手をのばし、取っ手をつかんで、体を引き上げようと試みた。

　一瞬、気が遠くなりかける。そして次の瞬間、脚の間に、生温かい液体がどっと流れ出た。

　身も凍るような恐怖をおぼえつつ、マギーはおそるおそる手で触れた。間違いない。血だ。大量に流れている。出血しているんだわ。赤ちゃんが危ない。

　めまいがするほどの痛みにはかまわず、マギーは懸命に腕と体をのばし、ハンドルをつかんだ。そしてクラクションに拳《こぶし》を押しつけ、ひたすら鳴らしつづけた。

14

　もうろうとした意識の中で、マギーが感じたのは痛みと恐怖だった。続いて、声が聞こえた。絶望の響きを帯びた必死の声。そして、誰かの手。たくましい手が、彼女をしっかりとつかんでいる。ふいに焼けるような痛みが走り、すべては消えた。

　最初に目を覚ましたのは、音のせいだった。何かをたたきつけるような、すさまじい音が鳴り響いている。私の心臓が、赤ちゃんのためになくてはならない大切な血液を押し出す音かしら。それともこれは、ヘリコプターの音？　助けが来たの？　自分の名前を必死に呼ぶ声に気づいて、マギーは口を開いた。けれど開いた口から声は出ず、彼女はまたしても闇《やみ》の中に引き戻された。

　次に目覚めたのは、痛みのせいだった。指がくっついてしまうのではないかと思うほど、手を強く締めつけられている。続いて、ぬくもりを感じた。大きな手から伝わる、肌のぬくもり。カリード。彼がいるんだわ。見つけてくれたのね。もう、安心だわ。

　彼の存在に気づいたことを伝えたくて、マギーは霧の中でもがいた。

　声がする。聞き覚えのない声が、矢継ぎ早に何かを命じている。その声とぶつかり合うように、カリードのかすれた声が聞こえた。

「必要なことはなんでもしろ。とにかく妻の命を救うんだ。あとのことは、どうでもいい」

　マギーはなんとか彼のもとにたどり着こうとしたが、まもなく音は遠のき、意識はふたたび闇にのまれた。

　ようやく意識が戻ったとき、マギーは何も感じなかった。痛みもなく、不快感もなく、ただ仰向けに横たわっていた。手が温かい。誰かがそっと握っている。

　カリード。では、夢じゃなかったのね。彼はずっとそばにいてくれたのだ。

「カリード」マギーはささやいた。その名はまるで魔法のように、彼女に目を開ける力を与えてくれた。

「マギー！　ああ、マギー、目を覚ましたのね」

　違う。ベルベットを思わせるカリードの声ではない。声の主は、フセインの妻ゼイナブだった。

　マギーはわずかに首を動かし、相手の顔に目を向けた。記憶にあるよりずいぶん老けこみ、疲労のしわが刻まれている。

「大丈夫よ。何もかも」ゼイナブは請け合ったが、その目には影が差し、不自然な輝きを帯びている。

　マギーはとっさに恐怖に駆られた。

「赤ちゃんは？」

マギーの声はひどくかすれたが、ゼイナブにはわかったようだった。ゼイナブの口元に張りつめた笑みが浮かぶ。

「女の子よ。帝王切開で生まれたの。いまは集中治療室にいるわ」

マギーはすうっと血の気が引くのを感じた。

「どういう状態なの？　本当のことを教えて」罪悪感が胸を締めつける。私のせいで、早産になってしまった。

「未熟児だし合併症もあったから、それなりの処置は必要よ。でも、みるみる元気になっているわ」

マギーは相手の目をのぞきこみ、それが真実なのか楽観に基づいた慰めなのかを見極めようとした。

「カリードもずっと、あなたのそばにいたのよ」ゼイナブは優しく言った。「いまは赤ちゃんを見に行っているけど」

その言葉は陳腐な言い訳にしか聞こえなかったが、マギーはあまりに疲れていた。いまはもう、失望を感じる気力も残っていない。

マギーはふたたび目を閉じ、痛みも失望もない世界へ、安らかな暗闇の支配する世界へと、戻っていった。

カリードは薄暗い病室に立ち、妻の青ざめた顔を眺めていた。

マギーがすでに目を覚まし、しっかりと受け答えをしていたことは聞いている。しかしカリードは納得できなかった。彼女の回復をこの目で確認するまでは、けっして信じられない。

罪悪感に身を引き裂かれ、はらわたをえぐられるような苦しみに耐えながら、カリードは意志の力だけで、かろうじて立っていた。僕のせいだ。僕のせいで、マギーは危うく命を落とすところだった。それに、僕たちの子供も。

僕のせいだ。

大切なものを奪われる苦しみは、忘れていないつもりだった。だが、マギーを失うかもしれないと思ったときの身を引き裂かれるような苦しみは耐えがたかった。僕が運転していれば、彼女はこんな目に遭わずにすんだのに。

救出活動は予断を許さない状況で、あの地形では、そのまま大惨事に至ってもおかしくなかった。母子ともに救おうと、手術も必死の試みだった。その間ずっと僕はなんの役にも立てず、マギーの手を握りしめ、逝《い》かないでくれとすがることしかできなかった。運命が彼女を奪っていくのではないかと思うと、全身の力が萎《な》えそうだった。いまこの瞬間も、体は恐怖に震え、脈は異常な速さで打っている。

マギーのまつげが動き、顔に映った影が揺れた。目覚めたのだろうか。カリードは一歩、近づいた。

そして、ぴたりと立ち止まった。茶色にグリーンをちりばめた瞳が、じっとこちらを見ている。吸ったはずの空気がどこかへ消え、彼はめまいをおぼえた。安堵《あんど》とともに、自責の念がこみあげる。なんとはかなげな姿だろう。こんなに弱々しく、青ざめて。彼は両手が震えるほど強く拳《こぶし》を握りしめた。

「カリード」むせび泣きのような、乾いた声だった。

彼は急いでそばへ行き、グラスに水をついだ。

「さあ、飲んで」カリードはマギーの肩に腕をまわし、体を支えた。「気分はどうだい？」

マギーは笑みを浮かべようと唇の端を上げたが、笑顔にはならなかった。「おかげさまで、生きているわ」

「心配したよ」言葉が勝手に飛び出す。心配したどころではない。カリードは怖くてたまらなかった。

マギーはちらりと彼を見上げ、すぐに視線をそらした。「そうでしょうね。赤ちゃんがこんなことになってしまって。様子はどう？」

「見るたびに、たくましくなっている」小さな体に秘められた回復力は、まさに驚異だ。彼自身の力が失われつつあるときに、その姿は大きな力を与えてくれた。「母親似の、美しい子だ」

マギーの目に、一瞬、驚きが浮かんだ。

「本当に？　本当に、無事なのね？」ささやくように尋ねる。

カリードはうなずいた。マギーの顔に映し出された不安は、彼も身に覚えがある。「大丈夫。生まれた直後は大変だったけれど、すばらしい回復ぶりだ」彼はさらに近寄り、携帯電話を取り出した。「ほら、見たまえ」

カリードは先ほど撮ったばかりの写真を画面に呼び出し、電話を彼女に渡した。

マギーの目は画面に釘《くぎ》づけになった。彼女の口から驚きと喜びのため息がもれ、目に優しさが広がる。

「なんてすてきな赤ちゃん。こんなに小さくて、本当に大丈夫かしら」

カリードはうなずいた。「回復は順調だ。医師も完全に満足している」命が危ぶまれた最初の数時間のことは話す必要はあるまい。

「私も会いたいわ」マギーはささやいた。

「会えるさ。もうすぐね」カリードは応じ、それから、はたと凍りついた。すべては防げたことなんだ。僕がマギーの期待を裏切らなければ、妊娠は最後まで順調に進むはずだった。彼女の命が危険にさらされることもなかった。

僕がそばにいなかったからだ。マギーの信頼を勝ち取ることができなかったから。僕が結婚を台なしにしてしまったんだ。彼女が僕を遠ざけたのも当然だ。僕はマギーから情熱も愛情もバージンさえも奪っておきながら、自分は何も返そうとしなかった。本当に意味のあるものは、何ひとつ。彼女がひとりになりたくて僕を避けたのも無理はない。

これでは犯罪も同然だ。たとえマギーが許してくれても、僕は自分を許せない。

カリードはゆっくりとベッドわきの椅子に腰を下ろした。彼女の上体が逃げたように見えたのは、気のせいだろうか。

「ありがとう」

携帯電話を差し出したマギーに、彼は首を振った。

「子供に会えるまで、君が持っているといい」

「ありがとう」

他人行儀な、ぎくしゃくとした声だ。これ以上、とても耐えられない、とカリードは思った。

「マギー」

手をのばし、彼女の手を握る。マギーは逃れようとしたが、彼はかまわずに力をこめた。今度こそ絶対に放さない。

カリードは彼の世界が傾きはじめたときの一連の出来事を思い出した。ばらの枝に引っかかり、旗のようになびいていたスカーフ。続いて、響き渡るエンジンの音。マギーがひとりで危険な山道へ向かったのだと気づいて、口の中に恐怖の味が広がった。ヘリコプターの到着を祈りながら待つ間の、どうしようもない無力感。彼にできることといえば、マギーを腕に抱き、望みを捨てずにいることだけだった。過去が繰り返されるのではないかと恐ろしくてたまらなかった。

「痛いわ」

申し訳ないとは思いつつも、カリードは手を放せずにいた。

「すまなかった」彼はマギーの手を持ち上げ、その手に何度も唇を押し当てた。

「お願いよ、カリード」マギーは大きく息を吸いこんだ。「お願い、やめて」

その目は涙で光り、口元は震えている。カリードは罪悪感に身を焼かれる思いがした。

「泣かないで、マギー」彼はマギーの手を返し、てのひらにキスをした。消毒のにおいにまじって、彼女の香りがする。カリードは目を閉じ、その香りを吸いこんだ。それから、舌でそっと味わう。全身が激しく揺さぶられた。

マギーは僕のものだ。彼女のためならなんでもする。だが、彼女を手放すことだけはお断りだ。そんなことは絶対にできない。

「僕は君たちを守れなかった。自分の家族を守れなかった」

カリードの声は張りつめている。彼がこれほど高ぶった感情をあらわにするのを、マギーは初めて目の当たりにした。彼の表情は険しく、その手はいまも彼女の手をきつく握りしめている。

赤ちゃんのことが心配で、怖くてたまらなかったのね。私たちにとって、それだけが唯一、本物の絆《きずな》だわ。我が子への愛だけが。

「いいのよ、カリード。もう、終わったんだから。赤ちゃんは無事だったんだから」彼を慰めることに、迷いはなかった。たとえ報われなくても、私は彼を愛している。

「君もだよ」カリードの声がうわずった。「二人とも失うんじゃないかと思った」

カリードは顔を上げた。そこに映し出された生々しい痛みに、マギーは愕然《がくぜん》とした。口元には深いしわが刻まれ、その目には苦悩が浮かんでいる。

マギーは彼の手を包みこんだ。彼がそんなふうに苦しむ姿は、とても見ていられない。

「君が意識を失い、そこに寝ている姿を見ていると……」カリードは首を振った。「過去の悪夢がよみがえったようだった」

過去の？　ああ、もちろんだわ。

「シャヒーナのことね」今回の事故で、前の妻が亡くなったときのことを思い出したに違いない。

カリードはうなずいた。「どうしてこんなことになったのか。シャヒーナが命を落とした場所は、君の車が横転したあの場所から、十キロと離れていなかった」

マギーはぞっとした。口の中がたちまち乾いていく。カリードが取り乱すのも無理はない。救助のヘリを待つ間、彼はどんな気持ちでいたことか。

彼の目に浮かぶ苦しみに比べれば、私の悲しみや罪悪感などなんでもない。マギーは胸のつぶれる思いがした。いつも冷静なカリードが、ここまで感情をさらけ出し、嘆き悲しんでいるなんて。

無意識のうちに、マギーは彼の顎に手を触れた。カリードは目を閉じ、彼女のてのひらに顔をうずめた。ざらざらした顎の感触と湿った熱い吐息が、マギーの肌をそっとかすめる。

「僕は夫として失格だ」

ここまで痛みを見せつけられては、カリードに腹を立てつづけるのは不可能だった。彼が私を愛せないのは、しかたのないこと。だって愛は自分では選べないのだから。カリードがはるか昔に別の誰かに心をささげたからといって、彼を責めることなどできない。

「一生、自分を許せない。どうして君に許してくれなんて言えるだろう」カリードは顔に当てられたマギーの手をしっかりと押さえ、唇を這《は》わせた。

「カリード……」

「それでも、許しを乞《こ》わないわけにはいかない。どうしても」

「カリード、許すことなんて何もないわ」

「本当に？」

カリードがぱっと目を開き、マギーはそのまま視線をそらせなくなった。

「僕たちの結婚のことは？」

「お願い、やめて」マギーは必死に平静さを保とうとした。言葉ではっきり言われてしまうと、とても受けとめる自信がない。

離婚について考え直したのかしら。離婚すれば、私は法律上は自由の身。でもきっと、二度ともとの自分には戻れない。

カリードはじっとこちらを見ている。「話さないわけにはいかないよ、マギー。僕は甘えていたんだ。いや、犯した罪はそれより重い。君に惨めな思いをさせてしまった」

カリードは大きく息を吸いこんだ。肩が上がり、胸が大きくふくらむ。

「僕はあまりに長い間、都合よく利用するだけだった。結婚も、君のことも。そのくせ自分は何も差し出さず……。なんと身勝手だったんだろう。いまさら自分に人が愛せるとは思えなくて、君との間に距離を置いていたんだ」

私は自由になれるのよ。なのにどうして、死刑宣告を待つ身になった気がするの？

目の奥に熱い涙がこみあげ、マギーは手を振りほどこうともがいた。そっとしておいてほしかった。ひとりになりたかった。

だが、カリードは放さなかった。

「君に体を拒まれ、それ以上に愛情を拒まれて、僕は初めて自分のしてきたことに気づいたんだ。そのとき初めて、自分の気持ちにも気づいた」

マギーは胸を引き絞られた。息が苦しい。それでも、彼女を見つめる闇夜のような瞳から、視線をそらすことはできなかった。

「自分が恥ずかしい。もっと早くに気づかなかった自分が、本当に恥ずかしい」カリードはかぶりを振った。「僕は自分で壁を築き、壁の外をのぞくのが怖くて、真実から隠れていたんだ」

「カリード、お願い、もうやめて」

「僕にとって君がどれほど大切な存在か、こんな状況になるまでわからなかった。いつの間にか、僕は君を愛していたんだ。君の強さと美しさ、ぬくもり、意志の力。君を特別な女性にしているすべての資質を」

マギーは呆然《ぼうぜん》と彼の目を見つめた。間違いなく、正直な目をしている。

「僕が君にそばにいてほしいのは、そのほうが都合がいいからだと思っていた。僕は君が好きだし、尊敬しているし、ベッドの中の相性はとほうもなくすばらしい。まさか、君を愛しているからだとは思わなかったんだ」

愛している？

マギーは言葉を失い、ぽかんと口を開けた。

「私があなたの赤ちゃんを身ごもっていたからではないの？」胸に小さな希望がともったが、とても信じる気にはなれない。

カリードはうなずいた。「それも、もっともな理由のひとつだった。そもそも君に結婚を迫ったときにも、妊娠が口実だったのだから」

「口実？」マギーは顔をしかめた。

「あのときすでに、僕は君とつき合いたいと思っていた。妊娠のことがあって強制される形にはなったけれど、後悔はしていなかった」

カリードの笑顔は、マギーの全身を揺さぶった。

「君と一夜を過ごしたあと、僕はまだまだ君が欲しかった。絶対に、いやとは言わせないつもりだった。君をシャジェハールに呼んだのは、そのためさ。君を誘惑して、何度でもベッドに誘うため」

いいえ、信じるなんて、とても無理。「いいのよ、カリード。嘘《うそ》なんかつかなくても。本当のことを隠さなくても」彼はきっと赤ちゃんのために、私たちの関係を立て直そうとしているに違いない。

「本当のこと？」

「あなたの伯父さまが、私には正直に話すべきだ、と……」

「なるほど、君は聞いていたんだね」

マギーは惨めにうなずいた。

「シャヒーナは僕の初恋の相手だった。生まれたときからお互いに知っていて、成長とともに、ごく自然に恋に落ちた。彼女と分かち合ったものは特別だったという思いがあって、それでまさか、自分がまたほかの誰かに恋をすると思わなかった」

カリードに熱っぽい目で見つめられ、マギーは息ができなくなった。

「君のおかげで気づいたんだ。いつまでも過去にしがみついていないで先へ進まなければ、とね。愛しているよ、マギー。僕のすべてをかけて」

カリードは両手で彼女の顔を包んだ。

「もっと違う形で、こうしていればよかった。もっとちゃんとしたやりかたで、愛していると言えばよかった。いまみたいに、君を追いつめすぎたのではないかと、もう取り戻すことはできないんじゃないかと、びくびくしながらではなく」カリードは身を震わせ、目を閉じた。

「カリード」その名を呼ぶのが、なんと自然に感じられることだろう。彼がこんなふうに、心の奥の恐れと希望を打ち明けてくれたことが、マギーには驚きだった。

「許してくれるかい、マギー？　君に応《こた》えられなかった僕を。もっと早くに愛をささげなかった僕を。そのために、君をここまで傷つけてしまった」その声には、絶望がにじんでいた。

「しいっ」

彼の唇に当てたマギーの指は震えていた。けれど胸にめばえたぬくもりは、みるみる全身に広がっていく。それは、彼女が生まれて初めて味わう、愛のぬくもりだった。

「許すことなんて何もないわ、カリード」

彼の熱いまなざしが彼女をとらえ、刻印を押した。

「じゃあ、聞かせてくれるかい？　僕の聞きたい言葉を」

なめらかな声と首をかしげた姿からは、わずかに傲慢《ごうまん》さが伝わってくる。しかし彼の目に浮かぶ不安は、それが虚勢にすぎないことを物語っていた。

「愛しているわ、カリード」生まれて初めて口にするその言葉には、自分の耳にもわかるほど、喜びと感動がはっきりと表れていた。

カリードは顔を輝かせてマギーを抱き寄せ、それ以上何も言わず、ただじっと彼女を抱きしめた。

15

壁に囲まれた中庭の戸口で、マギーは部族女性の最後のひとりを見送った。会合は成功裏に終わり、新たに建設された学校は、熱狂をもって迎えられた。成人向けの識字教室を開きたいという声もあがっている。マギーは口元に笑みを浮かべ、花の香りの漂う庭を戻りはじめた。

少女たちの就学に関しては、カリードがねばり強い説得をもって、保守的な長老たちが反対しないように手を打った。彼らの妻も教育を受けるべきだと納得させるには、さらなる説得が必要だろう。でも、カリードなら大丈夫。マギーは信じて疑わなかった。その気になれば彼はそうとう強引だし、いざとなれば、とことん横暴に振る舞うこともできるのだから。

体の内側に甘美な熱が広がり、マギーは立ち止まった。強引、という言葉が、別のあることを連想させた。

「何を笑っている？」

マギーが振り返ると、影の中からカリードが現れた。日差しを浴びて黒い髪がつやつやと輝き、目元と口元の笑いじわがくっきりと見える。なんてすてきな笑い声。甘く深みがあって、全身に響き渡る感じがする。

マギーは端整な顔からたくましい肩へ、そして、彼の腕に抱かれた生後六カ月のジャスミンへと、視線を移した。

ジャスミンは父親譲りの黒髪で、小さな声をたててよく笑う。けれどいまは、おなかがすいて、落ち着きがないようだ。

父娘《おやこ》が一緒にいる姿を見て、マギーは胸がいっぱいになった。私にとって、この世のすべてを意味する二人だ。

カリードが娘を抱き直すさまを眺めながら、マギーはしみじみと幸せを噛《か》みしめた。彼には私の求めるすべてがそろっている。男性としても、夫としても、恋人としても、娘の父親としても。

「あなたは物事を思いどおりにするのが、なんて上手なんだろうと思って」マギーは目を伏せ、わざと誘惑を装った。

「なるほど、君はいつもそうやって僕をいい気にさせておいて、家族を牛耳っているのは僕だと思わせておくつもりなんだろう」カリードは冗談めかして指摘した。「僕としては、物事を思いどおりにするのが得意なのは、君のほうだと思うけれどね。これから毎年、一年の数カ月は山で過ごそうと決めたのは、誰だったかな？」

ぬくもりのこもったまなざしに、マギーは胸を締めつけられた。こんなふうに彼に愛情をこめて見つめられると、いつも胸がいっぱいになる。

「後悔しているの？」

カリードは首を横に振った。「いや、君の言うとおりだよ。君とジャスミンを真綿の中に閉じこめておくわけにはいかない。そうしたいのはやまやまだが」彼は空いているほうの手でマギーを抱き寄せ、首筋にキスを浴びせた。

「カリード！」

愛撫《あいぶ》がもたらすまばゆい感覚を懸命に無視し、マギーは我が子に両手を差し出した。ジャスミンは喉を鳴らして喜んだ。娘を腕に抱くと、温かい赤ん坊の香りが広がった。

「いまは、そういうときではないでしょう？」マギーはもっともらしく制した。

「そうだな」

カリードも認め、娘の様子に目を留めた。ジャスミンはおなかがすいて待ちきれないというように、マギーの服を握りしめている。

「確かに、そういうときではない。だがジャスミンのおなかが落ち着いたら、君の言う、物事を思いどおりにする僕の力を発揮させてくれるだろう？」彼は大げさに眉を上げてみせた。

カリードはマギーとジャスミンにそっと腕をまわし、たくましい腕で抱き寄せた。

マギーの口から、幸せの吐息がもれた。私は愛を見つけたんだわ。自分には一生かなわないと思っていた愛を。

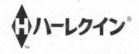

ハーレクイン・ロマンス　2009年6月刊（R-2393）

アラビアンナイトの誘惑

2024年12月20日発行

著　　者　アニー・ウエスト
訳　　者　槙　由子（まき　ゆうこ）

発 行 人　鈴木幸辰
発 行 所　株式会社ハーパーコリンズ・ジャパン
東京都千代田区大手町 1-5-1
電話 04-2951-2000（注文）
0570-008091（読者サービス係）

印刷・製本　大日本印刷株式会社
東京都新宿区市谷加賀町 1-1-1

造本には十分注意しておりますが、乱丁（ページ順序の間違い）・落丁（本文の一部抜け落ち）がありました場合は、お取り替えいたします。ご面倒ですが、購入された書店名を明記の上、小社読者サービス係宛ご送付ください。送料小社負担にてお取り替えいたします。ただし、古書店で購入されたものについてはお取り替えできません。®とTMがついているものはHarlequin Enterprises ULCの登録商標です。

この書籍の本文は環境対応型の植物油インクを使用して印刷しています。

ISBN978-4-596-71767-2 C0297

◆◆◆ハーレクイン・シリーズ 12月20日刊 発売中

ハーレクイン・ロマンス

愛の激しさを知る

極上上司と秘密の恋人契約	キャシー・ウィリアムズ／飯塚あい 訳	R-3929
富豪の無慈悲な結婚条件 《純潔のシンデレラ》	マヤ・ブレイク／森　未朝 訳	R-3930
雨に濡れた天使 《伝説の名作選》	ジュリア・ジェイムズ／茅野久枝 訳	R-3931
アラビアンナイトの誘惑 《伝説の名作選》	アニー・ウエスト／槙　由子 訳	R-3932

ハーレクイン・イマージュ

ピュアな思いに満たされる

クリスマスの最後の願いごと	ティナ・ベケット／神鳥奈穂子 訳	I-2831
王子と孤独なシンデレラ 《至福の名作選》	クリスティン・リマー／宮崎亜美 訳	I-2832

ハーレクイン・マスターピース

世界に愛された作家たち
～永久不滅の銘作コレクション～

冬は恋の使者 《ベティ・ニールズ・コレクション》	ベティ・ニールズ／麦田あかり 訳	MP-108

ハーレクイン・プレゼンツ作家シリーズ別冊

魅惑のテーマが光る
極上セレクション

愛に怯えて	ヘレン・ビアンチン／高杉啓子 訳	PB-399

ハーレクイン・スペシャル・アンソロジー

小さな愛のドラマを花束にして…

雪の花のシンデレラ 《スター作家傑作選》	ノーラ・ロバーツ 他／中川礼子 他 訳	HPA-65

文庫サイズ作品のご案内

◆ハーレクイン文庫…………毎月1日刊行
◆ハーレクインSP文庫………毎月15日刊行
◆mirabooks……………毎月15日刊行

※文庫コーナーでお求めください。

12月26日発売

ハーレクイン・シリーズ 1月5日刊

ハーレクイン・ロマンス

愛の激しさを知る

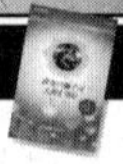

秘書から完璧上司への贈り物 《純潔のシンデレラ》	ミリー・アダムズ／雪美月志音 訳	R-3933
ダイヤモンドの一夜の愛し子 〈エーゲ海の富豪兄弟Ⅰ〉	リン・グレアム／岬　一花 訳	R-3934
青ざめた蘭 《伝説の名作選》	アン・メイザー／山本みと 訳	R-3935
魅入られた美女 《伝説の名作選》	サラ・モーガン／みゆき寿々 訳	R-3936

ハーレクイン・イマージュ

ピュアな思いに満たされる

小さな天使の父の記憶を	アンドレア・ローレンス／泉　智子 訳	I-2833
瞳の中の楽園 《至福の名作選》	レベッカ・ウインターズ／片山真紀 訳	I-2834

ハーレクイン・マスターピース

世界に愛された作家たち
～永久不滅の銘作コレクション～

新コレクション、開幕！

ウェイド一族 《キャロル・モーティマー・コレクション》	キャロル・モーティマー／鈴木のえ 訳	MP-109

ハーレクイン・ヒストリカル・スペシャル

華やかなりし時代へ誘う

公爵に恋した空色のシンデレラ	ブロンウィン・スコット／琴葉かいら 訳	PHS-342
放蕩富豪と醜いあひるの子	ヘレン・ディクソン／飯原裕美 訳	PHS-343

ハーレクイン・プレゼンツ作家シリーズ別冊

魅惑のテーマが光る
極上セレクション

イタリア富豪の不幸な妻	アビー・グリーン／藤村華奈美 訳	PB-400

※予告なく発売日・刊行タイトルが変更になる場合がございます。ご了承ください。